AME: Nick Schwarzbusch
Liegt ein Auge auf dem Tresen, ist ein Zombie da gewesen!
Nick Schwarzbusch
LOCH NESS
R IST TOT!
orscher:
s stammt
Dracula ab
hwarzbusch
de des
och so
rig?
GESUCHT
NEUES MITGLIED

Dieser Sammelband enthält die folgenden Einzeltitel:
Band 10: Die Nacht der wandelnden Mumien
Band 11: Wenn der graue Nebel kommt
Band 12: Das Monsterhaus

1. Auflage

verlegt durch EGMONT Verlagsgesellschaften mbh,
Gertrudenstraße 30–36, 50667 Köln

Umschlaggestaltung: Maximilian Meinzold, München
Titelbild und Innenillustrationen: Melanie Miklitza
Satz: Greiner und Reichel, Köln
Printed in the EU (675292)
ISBN 978-3-505-13656-6

FSC www.fsc.org MIX Papier aus verantwortungsvollen Quellen FSC® C083411

Gruselclub

Mumien und Monsternebel

von
Thomas Brezina

Illustriert von
Melanie Miklitza

Schneiderbuch
EGMONT

DIE NACHT DER WANDELNDEN MUMIEN

DAS HORROR-ZELT

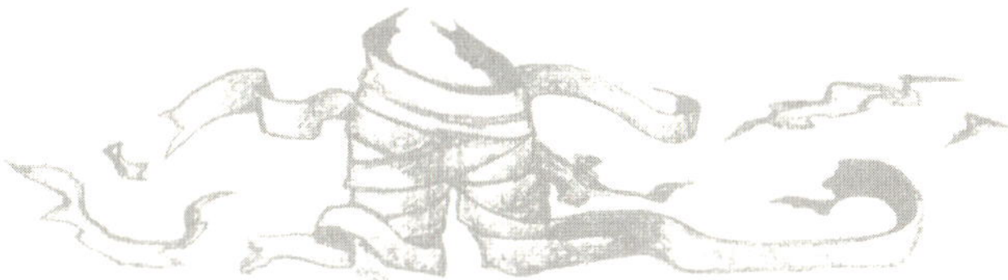

„Wahnsinn!“, riefen Jupiter und Nick fast gleichzeitig. Die Bremsen ihrer Fahrräder quietschten gequält, und die Jungen sprangen vom Sattel.

Vicky, die dicht hinter ihnen radelte, schrie erschrocken auf und musste zur Seite ausweichen, um nicht in die beiden zu krachen. Auf einmal aber hatte sie keinen Boden mehr unter den Rädern und stürzte kopfüber in den Straßengraben. Ihr Fahrrad landete auf ihr.

„Was ist das?“, fragte Nick und deutete zur großen Festwiese, an der sie gerade angekommen waren.

„Ein Zelt … ein eckiges Zelt“, murmelte Jup nachdenklich.

Nick verdrehte die Augen. „So schlau bin ich auch. Aber auf dem Dach … da war doch was. Du hast das doch auch gesehen?“

Jup kaute auf seiner Unterlippe herum. „Ja, habe ich“, sagte er leise. „Aber … aber so was gibt es doch nicht, oder?“

Aus dem Straßengraben kam ein Stöhnen. Vicky stemmte ihr Fahrrad zur Seite und richtete sich ächzend auf. Ihr Kopf brummte, und sie glaubte, jeden Knochen einzeln zu spüren.

Suchend blickte sich Nick um. „Vicky ist verschwunden!", stellte er überrascht fest.

„Ich bin hier unten, du Knallkopf!", hörte er seine Schwester schimpfen.

Die Jungen stellten ihre Fahrräder ab und blickten in den Graben neben der Straße.

„Schaut nicht so blöd! Holt mich hier raus!", schnaubte Vicky aufgebracht.

Jup und Nick streckten ihr die Arme entgegen und zogen sie nach oben. Vicky hatte einige Schrammen an den Armen und den Knien abbekommen. Sie konnte mit dem rechten Fuß nicht auftreten und humpelte.

„Dein Fahrrad hat nicht den kleinsten Kratzer!", meldete Nick und beförderte es nach oben.

„Na großartig!", knurrte Vicky mit zusammengebissenen Zähnen. „Wieso habt ihr überhaupt so plötzlich abgebremst?"

„Weil ..." Weiter kam Jup nicht. Mit großen Augen starrte er zu dem gelblich-weißen Zelt. Über dem Dach erhob sich eine schaurige Fratze mit wildem, grimmigem Blick.

Nick schluckte. „Wir haben vorhin *doch* richtig gesehen."

„Sollen wir ... näher herangehen?", fragte Jupiter die anderen.

Vicky rieb sich das rechte Bein und schüttelte den Kopf.

„Klar sehen wir uns das aus der Nähe an!“ Nick war sofort Feuer und Flamme. Er sprang über den Straßengraben und lief über die Wiese. Jup folgte ihm mit großen Schritten.

„He, wartet auf mich!“, rief ihnen Vicky nach, doch die beiden hörten sie nicht mehr. „Jungen sind wirklich eine einzige Katastrophe!“, schimpfte sie und hinkte los. Wenn es etwas zu entdecken gab, wollte sie unbedingt dabei sein.

Nick und Jup kamen fast gleichzeitig bei dem Zelt an, das so riesig war, wie sie es von großen Festen kannten.

„Wie kommt das hierher?“, fragte Nick keuchend.

„Ein böser Fluch hat es aus dem Boden wachsen lassen“, hauchte Jupiter mit tiefer Stimme.

„Quatsch!“, schnaubte Nick und ging an der Zeltwand entlang. Alle paar Meter bückte er sich und versuchte, die Kante zu heben. Er wollte einen Blick ins Innere werfen. Doch die Plane war straff gespannt und mit Hunderten Metallheringen im Boden befestigt.

„Scheint etwas sehr Geheimes in dem Zelt zu sein“, stellte Nick fest.

„Und der Kopf von vorhin?“ Jupiter blickte prüfend nach oben, wo der mächtige Schädel mit der grässlichen Fratze aufgetaucht war. Doch er war nicht mehr zu sehen.

Ein Windstoß fegte über die Wiese und ließ das Zelt erzittern. Im nächsten Augenblick tauchte ein furchterregendes graues Gesicht über den Jungen auf.

Nick und Jup spürten den Schatten, den es auf sie warf. Nicht nur die plötzliche Kälte, vor allem der Anblick der schrecklichen Fratze jagte ihnen eisige Schauer über den Rücken.

„Aaaaaaa!", brüllten sie entsetzt.

VERSCHLUNGEN

Die Augen der Fratze glotzten tot und leer. Die Nase fehlte. Der Mund war zu einem stummen Schrei verzogen.

Jupiter und Nick standen wie angewurzelt da. Ihre Beine versagten ihnen den Dienst, sie kamen nicht von der Stelle.

Mit einem rauschenden, flatternden Geräusch stürzte sich der Monsterschädel auf sie. Die Jungen sahen den aufgerissenen, verzerrten Mund auf sie zukommen, als wollte er sie verschlingen.

Als sie es endlich schafften, sich zu bewegen, war es bereits zu spät. Sie spürten die trockenen Monsterlippen, die sie verschlangen, und warteten darauf, dass die Zähne zubissen, die es in diesem Maul geben musste.

Rund um sie wurde alles schwarz. Sie bekamen kaum Luft und wurden von etwas Tonnenschwerem zu Boden gedrückt. Immer schwerer wurde die Last auf ihrem Rücken.

„Nick? Nick, lebst du noch?“, keuchte Jupiter.

Er bekam keine Antwort.

Jup geriet in Panik und versuchte, seine Arme irgendwie zu befreien. Was seine Finger dabei ertasteten, ließ ihn stutzen.

Neben ihm klopfte, knallte und schnalzte es. Die Last, die auf ihm lag, geriet in Bewegung. Etwas fasste nach seiner Schulter. Jupiter schüttelte es erschrocken ab.

„Ich bin es nur!“, hörte er Nicks Stimme.

„Was … was ist hier los … wo sind wir?“, krächzte Jupiter.

Von der Seite fiel ein Lichtstrahl auf sein Gesicht. Frische Luft wehte ihm entgegen.

„Was macht ihr dort unten? Spielt ihr Verstecken?“, hörten die Jungen Vickys Stimme.

So schnell sie konnten, krochen sie in die Richtung, aus der die Stimme kam. Strahlender Sonnenschein begrüßte sie.

„Aber … aber der Kopf …?“, stammelte Nick.

Auf der Wiese vor dem Zelt lag kein Schädel, sondern eine riesige grau-gelbe Kunststoffplane.

„Scheint sich um eine Art Ballon zu handeln“, erklärte Vicky. Sie hatte aus der Entfernung beobachtet, wie der Ballon vom Dach auf die Jungen gestürzt war.

„Ihr habt das Ding wohl für echt gehalten!“, spottete sie.

„Natürlich nicht!“, stritt Jup sofort ab.

„Wozu pustet hier jemand so einen Zombiekopf auf?“, lenkte Nick schnell ab.

„Das ist doch kein Zombie, sondern ein Mumienschädel!“, erklärte Vicky und schob sich die Brille zurecht.

„Meine ich doch, Frau Oberlehrerin!“, knurrte Nick.

„He, kommt mal her!“, rief Jup und winkte. Er hatte in der Zeltwand einen Schlitz entdeckt. Mit beiden Händen zog er ihn auf. Neugierig beugten sich Vicky und Nick vor.

„Was seht ihr?“, wollte Jupiter wissen.

„Nichts!“, meldete Vicky enttäuscht. „Nur eine Holzwand“, ergänzte Nick.

„Eine Holzwand? Gleich hinter der Zeltwand? Das wird ja immer seltsamer“, murmelte Jup nachdenklich.

„Augenblick mal, ich glaube, ich weiß, was das ist!“, sagte Vicky. Sie zeigte auf ein Brett, auf dem die Aufschrift „zerbrechlich“ und ein Glas-Symbol zu sehen waren. Es handelte sich um die Rückwand einer riesigen Kiste.

DER BISS

„Schauen wir uns drinnen ein bisschen um?“ Jup sah die anderen beiden Mitglieder des Grusel-Clubs fragend an.

„Was soll schon passieren?“, meinte Nick. Bevor Vicky oder Jup noch etwas sagen konnten, war er schon durch den engen Schlitz geschlüpft. Jupiter folgte ihm. Mit einem schnalzenden Geräusch schloss sich hinter ihm der Schlitz in der Zeltwand.

Vicky streckte die Hände aus, um ihn wieder zu öffnen. Ihre Finger hatten die dicke Kunststofffolie kaum berührt, als sie von hinten gepackt und weggezogen wurde. Vicky wollte schreien, aber sie kam nicht dazu. Eine kühle, trockene Hand legte sich über ihren Mund.

Die Jungen hatten nichts davon bemerkt. Sie standen im Zelt und warteten darauf, dass sich ihre Augen an das Halbdunkel gewöhnten.

Rund um sie war es muffig warm. Die feuchte Luft roch nach Dachboden, alten Klamotten und Putzmittel.

Nach und nach erkannten sie vor sich die Umrisse zahlreicher Kisten. Alle waren zwei oder drei Meter hoch. Einige wirkten schmal, andere schienen groß genug für ein kleines Auto zu sein.

„Was ist das hier?", fragte Nick leise.

Jup zuckte mit den Schultern. „Vielleicht ein Lager."

„Und was wird hier gelagert?"

„Ich bin weder Hellseher noch Superman. Der kann in verschlossene Kisten sehen. Ich muss das noch ein bisschen üben", antwortete Jupiter bissig.

Nick zeigte auf eine der großen Kisten, die im hinteren Teil des Zeltes standen. Eine Wand war heruntergeklappt. Er gab Jup mit dem Kopf ein Zeichen, mitzukommen.

Die Jungen hielten den Atem an, als sie sich der offenen Kiste näherten.

„Hast du eine Taschenlampe dabei?", fragte Jup seinen Cousin.

„Natürlich nicht, es ist früher Nachmittag!"

Mit großer Spannung starrten die Jungen auf die dunkle Öffnung. Nach und nach konnten sie darin drei Figuren erkennen. Direkt vor ihnen stand eine Menschengestalt mit dem Kopf eines Schakals, in der Ecke dahinter saß ein Falke, und in der anderen kauerte eine Sphinx.

„Diese Statuen gehören in ein Museum und nicht in so ein Zelt", sagte Jup.

Nick riss den Mund auf. „Vielleicht ist das die Beute von Einbrechern!"

Jup tippte sich an die Stirn. „Das müssen aber sehr bekloppte Diebe sein, die ihre Beute auf der Festwiese lagern."

Nick sah sich suchend um. Außer ihnen schien niemand im Zelt zu sein.

„Wo ist eigentlich Vicky geblieben?", wunderte er sich.

Jupiter zuckte mit den Schultern. „Wahrscheinlich draußen. Vielleicht ist sie doch nicht so mutig, wie sie immer tut."

Nick hob fragend die Augenbrauen. „Sehen wir uns die Figuren aus der Nähe an?"

Ein kurzes Nicken war Jups Antwort.

Der Holzboden der Kiste ächzte und knarrte, als sie ihn betraten. Obwohl sie ganz vorsichtig gingen, bebte die Kiste bei jedem Schritt, als schlüge jemand mit einem Hammer dagegen.

Jupiter hatte die Statue mit dem Schakalkopf erreicht. Vorsichtig streckte er die Hand aus und streichelte über die Stirn und die Schnauze.

„Das ist Anubis, ein Gott der alten Ägypter", flüsterte er Nick zu.

Der Kopf der Statue war glatt und kühl wie Marmor. Jups Finger glitten in das leicht geöffnete Maul.

Keine Zähne drinnen, dachte Jup und musste grinsen. *Der arme Anubis hat wohl nur Brei essen können.*

Zing! Genau vor ihm gab es ein metallisches Geräusch, und der Kopf des Anubis zuckte.

Erschrocken riss Jupiter die Hand zurück, konnte sie aber nicht mehr aus dem Maul ziehen. Die Augen der Statue starrten angriffslustig, und aus dem Kiefer ragten auf einmal große, spitze Zähne.

LEBEN IN DEN KISTEN

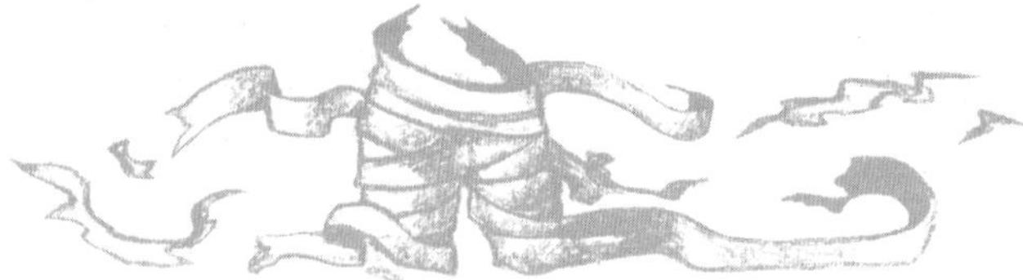

„Loslassen!“, keuchte Jup.

„Der hat plötzlich Zähne!“, stieß Nick hervor.

Jupiter zitterte am ganzen Körper. Er spürte die kalten Zähne an seiner Haut. Wie durch ein Wunder hatten sie ihn nicht verletzt und nur den Ärmel seines Pullis durchbohrt. Deshalb hing er fest.

„Wie ist es möglich, dass die auf einmal rauswachsen?“, fragte Nick gedehnt.

„Halt keine Reden, hilf mir lieber!“, fuhr ihn Jupiter verzweifelt an.

Nick zuckte erschrocken zusammen und begann, an Jups Pulli zu ziehen. Der Ärmelstoff zerriss mit einem langen *Ritsch*, ein Fetzen blieb zwischen den Zähnen hängen.

Jupiter taumelte zurück und stieß mit dem Rücken gegen den Horus-Falken. Dieser öffnete sofort den Schnabel und gab empört einen schrillen Schrei von sich, der durch Mark und Bein ging. Es rasselte, als er seine mächtigen Schwingen ausstreckte und versuchte, Jup damit zu fangen.

„Nei… nein, nicht!“ Japsend machte Jup einen Schritt zur Seite. Hinter ihm brüllte noch ein Tier. Erschrocken drehte er sich um und blickte in das weit aufgerissene Maul der Sphinx.

„Raus hier!“, keuchte er und versetzte Nick einen kräftigen Stoß. Sie taumelten rückwärts aus der Kiste, den Blick ständig auf die drei Wesen gerichtet.

Wie konnten sie lebendig werden? Es handelte sich doch um Statuen!

Im Rückwärtsgang entfernten sich die beiden Jungen von der Kiste. Das Brüllen der Sphinx war verstummt, und der Falke hatte die Schwingen angezogen. Beide schienen wieder erstarrt zu sein.

„Jupiter, sieh nur!“ Nick deutete mit zitterndem Finger auf die Anubis-Statue.

Ihre Beine bewegten sich. Mechanisch und steif wie ein Roboter machte sie zwei Schritte nach vorn, drehte sich dann in die Richtung der Jungen und streckte die Arme nach ihnen aus.

Jupiter sah sich verängstigt um.

Was war das?

„Spürst du es auch?“, fragte er Nick entsetzt.

Sein Cousin nickte heftig.

Die Luft war erfüllt von einem tiefen, grimmigen Brummen. Der Ton schien ihre Körper zu erfassen und zu schütteln. Alle Kraft wich aus ihren Knien und ihren Armen. Es fühlte sich an, als zöge ihnen jemand die Knochen aus dem Leib. Nick und Jup konnten sich kaum noch aufrecht halten.

Anubis' Augen glühten rot, und dünne Lichtstrahlen schossen heraus. Sie sausten an den Köpfen der Jungen vorbei und trafen auf eine Kiste hinter ihnen.

Der Geruch von verbranntem Holz breitete sich aus. Nick drehte sich um und atmete heftig ein.

„Der brennt Löcher in die Kisten!", krächzte er. Sein Hals war wie abgeschnürt.

Aus dem Maul der schaurigen Statue dröhnte eine tiefe Stimme. Sie klang drohend, Jup und Nick verstanden allerdings kein Wort.

„Los, raus, komm!", stieß Jup hervor und packte Nick am Arm. Er wollte zu dem Schlitz in der Zeltwand, durch den sie gekommen waren.

Doch er konnte ihn nicht mehr sehen. Er hatte keine Ahnung, in welcher Richtung er sich befinden könnte.

Über ihren Köpfen zuckten Blitze. Als sie zum Dach des Zelts hochsahen, erschauderten die Jungen. Statt Stoff und Gestänge erblickten sie dort schwarze brodelnde Wolken, die sich wie ein dunkler Nebel langsam niedersenkten.

Nun kamen auch aus den anderen Kisten Geräusche. Es waren Schritte, Klopfen und das Rufen von Stimmen wie aus einer anderen Welt.

Neben Nick und Jupiter klappte die Seitenwand einer Kiste auf. Aus dem Dunkel torkelten mehrere Gestalten heraus.

Die Jungen brüllten los, als sie erkannten, dass es sich um Mumien handelte.

SACKGASSE

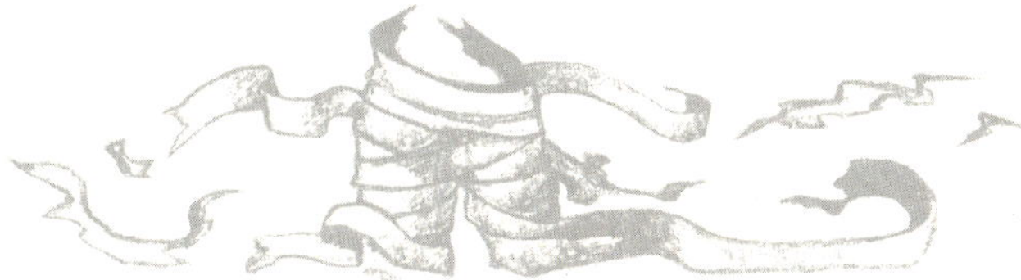

Die Flucht dauerte nicht lange. Nach ein paar Schritten mussten Nick und Jup zurückweichen. Die nächste Kistenwand öffnete sich und hätte sie um ein Haar erschlagen. Noch mehr Mumien wankten auf sie zu.

Anubis ließ immer neue rote Blitze aus seinen Augen zucken. Wo sie hintrafen, brannten sie Löcher in das Holz.

„Rechts ist der Weg frei!", meldete Nick.

Jupiter und er machten eine scharfe Kurve und schoben sich zwischen zwei hohen Kisten durch. Als Jup einen Blick zurückwarf, rang er nach Luft.

Die Mumien hatten ihre Richtung geändert und verfolgten sie. Unter den grauen Bandagen glühten rote, grüne, schwarzblaue und violette Augen. Außerdem hatten die Kreaturen einen tiefen, unheimlichen Gesang angestimmt. Es war ein klagendes Lied, das sich wie eine magische Beschwörung anhörte.

Die Kiste erzitterte, als die erste Mumie dagegen

stieß. Eine andere aber schob sich in den Spalt, durch den Nick und Jup gerade geschlüpft waren.

„Weiter, weiter!", trieb Jupiter seinen Cousin an.

Der uralte Stoff, in den die Mumie gewickelt war, scheuerte über die Holzwand. Ihr Körper schien hohl und völlig ausgetrocknet zu sein.

Jupiter prallte gegen Nick, der stehen geblieben war. „Geh doch!", fuhr er ihn an.

„Ich kann nicht. Das ist eine Sackgasse! Die Kisten stoßen hier aneinander!", wimmerte Nick.

Die Mumie kam näher. Ein fast unerträglicher Geruch von uraltem Staub ging von ihr aus. Ihre Stimme ließ das Holz der Kisten erzittern. Die umwickelte Hand mit den langen, krallenartigen Fingern hatte sie gierig nach Jup ausgestreckt.

„Nein, nicht!", keuchte Jup.

Was sollte er tun? Sie saßen in der Falle.

Mittlerweile glühten nicht mehr nur die Augen der Mumie. Der ganze Körper schien von innen zu leuchten und gab ein gespenstisches, kaltes grünliches Licht von sich.

Zu seinem Entsetzen sah Jup noch mehr Mumien in den schmalen Spalt nachdrängen. Was würden sie mit ihm und Nick anstellen?

Hektisch beugte Jup den Kopf zurück und blickte nach oben. Konnten sie auf die Kisten klettern? Die obere Kante schien Kilometer entfernt. Selbst wenn sich Nick auf seine Schultern stellte, würde er sie nicht erreichen.

Die trockene, kalte Mumienhand sank von oben

auf seinen Kopf und klammerte sich in seinem struppigen Haar fest.

„Nein … nein … nicht!“, keuchte Jupiter.

Im nächsten Augenblick blieb ihm wieder die Luft weg. Er sah an der Mumie hinunter und entdeckte an ihrem Bein Schrauben, Kabel und ein mechanisches Gelenk.

DER SARKOPHAG

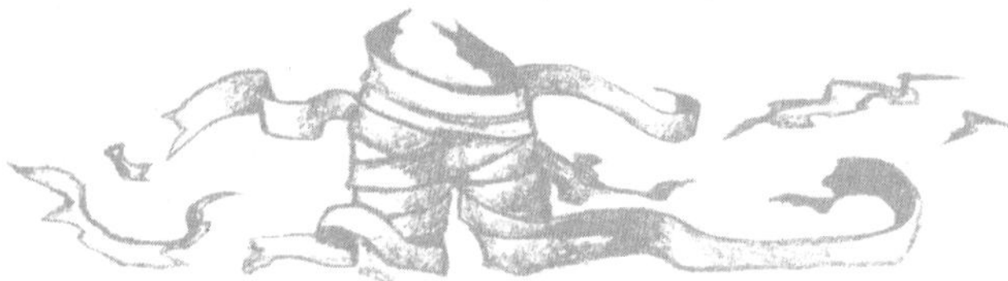

„Was?“ Nick konnte nicht glauben, was Jup ihm soeben gesagt hatte. „Soll das ein Witz sein?“

„Nein, die Mumien sind tatsächlich Roboter!“, schrie Jupiter. „Aber ich weiß, wie man solche Dinger außer Betrieb setzen kann!“ Jup brüllte, doch Nick verstand den Grund nicht.

„Ich habe keine Erbsen in den Ohren, kannst ruhig leiser reden“, knurrte er.

„So, jetzt geht es diesen Elektro-Mumien an den Kragen!“, verkündete Jupiter noch lauter.

„Spinnst du?“, fuhr ihn Nick an.

Jup beugte sich zu ihm und raunte: „Nein, aber wer auch immer diese Mumien steuert, soll Angst um sie bekommen und den Spuk beenden.“

Mit einem seufzenden Geräusch ließen die Mumien in diesem Moment die Arme sinken. Das Glühen erlosch, ihr Gesang und das tiefe Brummen verstummten, und im Zelt kehrte wieder Stille ein.

Nick und Jupiter horchten auf. Leise hörten sie ein Kichern, das immer näher kam. Hinter der

Mumie direkt vor ihnen tauchte Vickys Wuschelkopf auf. „Ihr seid die größten Angsthasen, die ich kenne!“, spottete sie.

Die Jungen bissen wütend die Zähne zusammen und wurden rot bis zu den Haarwurzeln. Was hatte Vicky mit diesen Mumien zu tun?

„Wartet, ich befreie euch“, sagte eine Stimme, die Jup und Nick nicht kannten. Sie war tief und rau, gehörte aber einer Frau.

Die Mumien vor den Jungen wurden aus dem Spalt zwischen den Kisten gezogen. Der Weg war endlich wieder frei, und Jupiter atmete erleichtert auf. Keuchend schoben sie sich aus der Falle, in die sie getappt waren.

Im Zelt war es nun viel heller geworden. Keine Spur mehr von dunklen Wolken. Nick hob den Kopf und deutete auf Scheinwerfer, die an den Zeltstangen befestigt waren.

Die Mumien und die Anubis-Statue standen regungslos und leicht nach vorn geneigt da. Ihre Köpfe und Arme hingen schlaff herab.

Neben der lachenden Vicky tauchte eine kleine, drahtige Frau auf. Sie musterte die Jungen mit ihren ungewöhnlich großen dunklen Augen.

„Das sind meine Freunde!“, stellte Vicky vor. Mit einer Handbewegung zeigte sie auf die Frau: „Und das ist Priscilla Amun, der das alles hier gehört.“

Es war Frau Amun gewesen, die Vicky vor dem Zelt gepackt hatte. Sie hatte die drei vom

Grusel-Club für Diebe gehalten. Vicky hatte sie aber beruhigen können.

„Danke, dass Sie diese beiden Helden ein bisschen das Fürchten gelehrt haben", sagte sie zu Frau Amun.

Jupiter verschränkte die Arme vor der Brust und verzog verächtlich den Mund. „Du kommst dir wohl besonders toll vor", zischte er seiner Cousine zu.

„Was … was ist das hier?", wollte Nick wissen.

„Eine Erlebnisausstellung über das alte Ägypten", erklärte Frau Amun. Sie hob die Hand, in der sie ein Gestell mit mehreren Fernsteuerungen hielt. „Ich stehe in einem Versteck und steuere von dort die Figuren."

„Aha! Und der Mumienkopf-Ballon auf dem Dach ist also eine Art Werbung", kombinierte Jupiter.

Die Frau nickte langsam.

„Haben Sie auch echte Mumien?", fragte Nick.

Wieder nickte die Frau.

„Dürfen wir sie sehen?"

„Ihr könnt mir beim Auspacken helfen, einverstanden?"

Die drei Freunde stimmten zu. Frau Amun führte sie zu einer dunklen Holzkiste und klappte die Vorderwand herunter. Das Licht der Scheinwerfer fiel auf einen mächtigen Sarkophag, der mit braunen, dunkelroten und schwarzen Mustern überzogen war.

„Packt an!“, kommandierte Frau Amun.

Die drei sahen den Sarkophag zweifelnd an. Er musste Tonnen wiegen. Auch zu viert würden sie ihn niemals tragen können.

Frau Amun schien ihre Gedanken lesen zu können. „Er steht auf einem rollenden Untersatz“, erklärte sie.

Die Rollen knirschten und ächzten, als sie den Sarg aus der Kiste schoben. Er war viel leichter, als der Grusel-Club gedacht hatte.

„Sieht nur aus wie Stein. Ist in Wirklichkeit aus Holz. Helft mir jetzt, den Deckel abzunehmen!“ Frau Amun packte den Rand der dicken Platte, mit der der Sarkophag verschlossen war.

Die drei vom Grusel-Club zögerten noch.

„Macht schon! Ich hab nicht den ganzen Nachmittag Zeit“, drängte Frau Amun.

Es gab ein schmatzendes Geräusch, als sie den Deckel gemeinsam hochhoben, gelber Staub quoll aus dem Sarg. Nachdem sie die Platte abgelegt hatten, warfen Vicky, Nick und Jupiter einen neugierigen Blick in das Innere der Totentruhe.

Sie sahen einen weiteren, kleineren Sarg, der die Form einer Mumie hatte. Er war eng mit ägyptischen Schriftzeichen, den sogenannten Hieroglyphen, beschrieben. Am oberen Ende, wo der Kopf des Einbalsamierten sein musste, war eine dämonisch aussehende Maske auf den Deckel gemalt. Ihre Augen waren geschlossen.

Poch-poch-poch.

Die drei vom Grusel-Club richteten sich erschrocken auf und sahen einander fassungslos an.

Aus dem Mumiensarg kam ein Klopfen!

DIE SCHWARZE MUMIE

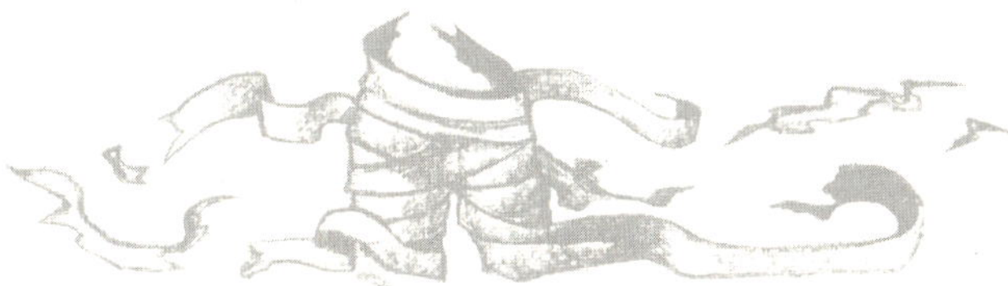

Frau Amun hatte eine Augenbraue hochgezogen und musterte die entsetzten Gesichter des Grusel-Clubs. Die drei runzelten fragend die Stirn. Noch immer grinsend hob Frau Amun die Hand und zeigte den gekrümmten Mittelfinger.

„Ich war's!“, gestand sie mit schiefem Grinsen.

„Sehr witzig!“, knurrte Nick.

Vicky deutete mit dem Kinn auf den Mumiensarg. „Liegt da ein Pharao drinnen?“

„Nein, es soll ein Magier sein“, erklärte Frau Amun. „Wollt ihr die Mumie sehen?“

Die drei Freunde überlegten kurz und nickten dann.

„Packt zu. Der Deckel muss noch weg.“

Doch die obere Hälfte des Mumiensarges saß fest. Alle vier zogen und rüttelten, um sie zu lösen. Als sie sich endlich in Bewegung setzte, jaulte und ächzte das uralte Holz wie eine wütende Katze.

Erschrocken ließ Nick wieder los. An seiner Seite knallte der Deckel zurück.

Frau Amun warf ihm einen strengen Blick zu. „Der Sarkophag hat ein Vermögen gekostet. Pass gefälligst besser auf!“

„Ja, reg dich ab, Kleiner! Der da drinnen ist schon ein paar tausend Jahre tot!“, meinte Vicky spöttisch.

Nick war wütend auf sich, weil er sich so erschrocken hatte. „Sag nicht ‚Kleiner‘ zu mir!“, fauchte er seine Schwester an und machte sich wieder an die Arbeit.

Endlich gab der Deckel nach und sauste fast von allein in die Höhe. Vicky und Jupiter stolperten nach hinten, und das hölzerne Ding landete polternd vor ihnen auf dem Boden.

„Ihr Tölpel!“, brauste Frau Amun auf.

Nick starrte mit weit aufgerissenen Augen in den Sarg. Die Mumie war in viele Meter Leinenstreifen gewickelt und tiefschwarz. Unter dem Stoff waren deutlich die Gesichtszüge zu erkennen, die etwas Wildes an sich hatten.

„Ich dachte immer, Mumien wären weiß oder grau oder dunkelgelb“, murmelte Vicky. Sie konnte der Versuchung nicht widerstehen und berührte den leblosen Körper. Er fühlte sich weder kalt noch warm an, sondern hart und rau. An ihren Fingern entdeckte Vicky nach der Berührung schwarzen körnigen Staub und wischte ihn schnell an ihrer Jeans ab.

Frau Amun kniete neben dem Deckel und untersuchte ihn nach Schrammen.

„Diese Mumie war immer schon schwarz. Ich dachte, die Leute rennen mir die Bude ein, wenn ich sie ausstelle. Aber weit gefehlt."

Vicky warf ihr einen erstaunten Blick zu.

„Heute brauchen die Leute mehr Nervenkitzel. Deshalb musste ich die Robotermumien und den übrigen Hokuspokus kaufen", fuhr Frau Amun fort. „Ohne den ganzen Zauber würde wohl keiner Eintritt zahlen, um den eingemachten Kerl zu sehen."

Jupiter schüttelte missbilligend den Kopf. „Sie sollten nicht so über diese Mumie reden. Sie war einmal ein Mensch."

Frau Amun zuckte mit den Schultern. „Jetzt ist sie das Gleiche wie getrockneter Fisch. Wisst ihr, was die Leute früher mit Mumien gemacht haben?"

Die drei vom Grusel-Club schüttelten den Kopf.

„Sie haben sie zu Pulver zermahlen und als Medizin geschluckt. Oder sie haben sie als Fackeln verwendet. Mumien sind nämlich mit Harz getränkt und brennen sehr gut!"

Nick schauderte. „Danke, es reicht!", brummte er.

Vicky sog schnüffelnd die Luft ein. „Besprühen Sie die Mumie mit Parfüm?"

„Nein, wieso?", lachte Frau Amun.

„Weil sie irgendwie gut riecht. Jedenfalls nicht verstaubt, vermodert oder verfault."

Jup bückte sich nach dem Deckel. „Ich finde

trotzdem, man sollte mehr Respekt vor den Toten haben und sie nicht ausstellen wie … wie … ein Bild. Mein Vater sagt das auch immer."

Frau Amun hob die Augenbrauen. „Aha, und was hat dein Vater mit Mumien zu tun?"

„Eine Menge", erklärte Jupiter stolz. „Mein Vater ist Professor Katz, und er beschäftigt sich unter anderem mit dem ägyptischen Totenkult. Er wird sogar als Experte angesehen."

„Aha", lautete Frau Amuns Antwort. Es schien sie nicht besonders zu interessieren.

Gemeinsam legten sie den Deckel zurück auf den Mumiensarg. Nachdem sie auch den großen Sarkophag wieder verschlossen hatten, verabschiedeten sich die drei Mitglieder des Grusel-Clubs hastig.

„Danke, dass Sie den Jungs ein bisschen Gänsehaut verschafft haben", raunte Vicky Frau Amun zu.

Die zwinkerte ihr verschwörerisch zu. „Gern geschehen. Wir Mädchen müssen zusammenhalten."

Vor dem Zelt warf Vicky einen Blick auf die Uhr. „Was, schon fast vier! Ich muss zu den Ellermanns."

Neuerdings besserte sie sich ihr Taschengeld nämlich als Babysitterin auf. Familie Ellermann hatte vier Kinder, auf die Vicky zweimal die Woche aufpasste.

Jupiter und Nick fuhren auf den Rädern weiter Richtung Stadt. Dort stand Jup ein echter

Horror-Termin bevor: Er musste zum Zahnarzt. Nick begleitete ihn, weil Jupiter schreckliche Angst hatte.

Als er auf dem Zahnarztstuhl saß, fiel ihm plötzlich etwas ein. Etwas, das ihm schon vorhin im Mumienzelt hätte merkwürdig vorkommen müssen. Er richtete sich auf und keuchte: „Das … das kann es doch nicht geben!“

Der Zahnarzt sah ihn schmunzelnd an.

„Wieso soll es das nicht geben, dass alle deine Zähne völlig in Ordnung sind?“

„Äh, das habe ich nicht gemeint!“, stotterte Jup. „Da war etwas anderes. Ob es sich auch um einen Trick gehandelt hat? Oder …?“

DAS PAPYRUS

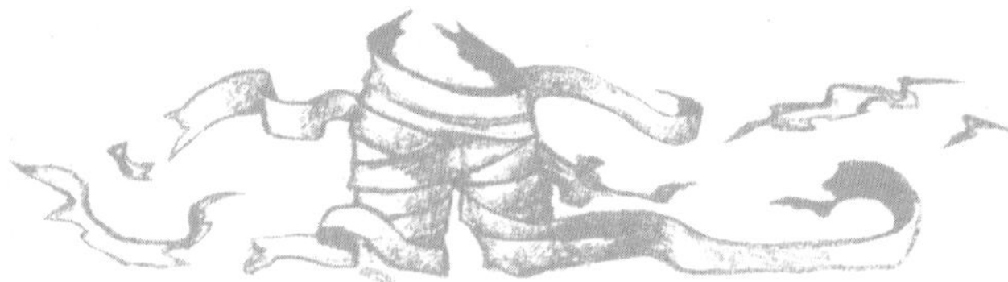

Nick saß im Wartezimmer und schmökerte in einem Comicheft. Aufgeregt ließ sich Jup neben ihn auf einen Stuhl sinken und berichtete, was ihm gerade eingefallen war.

„Erinnerst du dich an die Maske, die auf den kleinen Sarg gemalt war?“, fragte er. „Als wir den Deckel schlossen, waren ihre Augen geöffnet!“

„Das … das kann es nicht geben!“, meinte Nick ungläubig. „Du irrst dich.“

„Nein, ich irre mich bestimmt nicht!“, versicherte ihm Jupiter.

Auf dem Heimweg wollten die Jungen noch einen Abstecher zu dem Zelt mit der Ägypten-Ausstellung machen. Doch als sie dort ankamen, wurde es bereits dunkel, und beim Zelt brannte kein Licht.

„Wir … wir verschieben das auf morgen“, beschloss Jup, und Nick stimmte zu. Der Schreck des Nachmittags steckte ihnen noch in den Knochen.

In Burg Falkenfels führte Jups erster Weg zum

Arbeitszimmer seines Vaters. Zu seiner Überraschung war die Tür geschlossen. Von drinnen kam eine fremde Stimme. Jupiter blieb stehen und lauschte.

„Professor Katz, Sie sind meine letzte Hoffnung. Man hat Sie mir sehr empfohlen!"

Jup bückte sich und warf einen Blick durch das große Schlüsselloch. Vorm Schreibtisch seines Vaters saß ein Mann, der ein bisschen wie eine wandelnde Mumie aussah.

Wer war das? Jup hatte ihn noch nie gesehen.

Professor Katz hielt einen Zettel in der Hand und betrachtete ihn kopfschüttelnd.

„Tut mir leid, Herr Leder, aber auch ich kann diese Hieroglyphen nicht entziffern. Wo haben Sie dieses Papyrus eigentlich her?"

Papyrus? Jup hatte den Ausdruck schon einmal gehört. War das nicht eine Art Papier, das die alten Ägypter erfunden hatten?

Der bleiche dürre Mann presste die Lippen zusammen. Seine kurzen Haare erinnerten an das aufgeplusterte Gefieder eines Vogels.

Professor Katz warf ihm einen fragenden Blick durch seine Brille zu.

„Das … das darf ich Ihnen nicht sagen", antwortete Herr Leder zögernd. „Doch die Übersetzung dieser Zeichen hat für mich allergrößte Bedeutung."

„Ich mache Ihnen einen Vorschlag", sagte Professor Katz. „Wenn Sie es erlauben, mache ich eine

Kopie des Papyrus. Ich kenne einige Kollegen, die vielleicht eine Übersetzung hinbekommen, und ich würde sie gern zu Rate ziehen."

„Einverstanden", stimmte Herr Leder zu.

Jup entfernte sich auf Zehenspitzen von der Tür. Sein Vater würde ziemlich sauer sein, wenn er ihn beim Lauschen ertappte.

Ein paar Minuten später hörte er die Eingangstür zufallen. Der Besucher war also gegangen. Als Jupiter das Arbeitszimmer seines Vaters betrat, scheuchte ihn der Professor allerdings gleich wieder hinaus. „Ich habe noch zu tun. Richte bitte schon das Abendessen her."

Jupiter verzog sich maulend in die Küche. An den surrenden und pfeifenden Geräuschen aus dem Arbeitszimmer erkannte er, dass sein Vater mehrere Faxe verschickte.

Jup kochte gern und gut. An diesem Abend hatte er aber keine Lust dazu. Deshalb schob er eine große Tiefkühlpizza in den Backofen.

Beim Essen versuchte er mehrere Male, seinem Vater von dem Mumiensarg des Magiers zu erzählen. Aber der Professor war in Gedanken ganz woanders.

„Du hörst mir überhaupt nicht zu!", beschwerte sich Jupiter.

„Doch, natürlich!", versicherte ihm sein Vater. „Äh ... was hast du gerade gesagt?"

Das Telefon im Flur klingelte, und Professor Katz sprang sofort auf, um abzuheben.

„Hallo Cornelius, ich war sicher, du würdest dich melden!“, begrüßte er den Anrufer aufgeregt. Eine Weile redete nur der andere. Der Professor hörte mit großer Spannung zu. „Das ist nicht dein Ernst!“, rief er schließlich.

Durch die offene Küchentür beobachtete Jup, wie sein Vater sich mit der Hand ständig über das Gesicht wischte.

„Ich habe das Gerücht von dieser Beschwörung immer für ein Märchen gehalten“, hörte ihn Jupiter sagen. „Bist du ganz sicher, dass du dich nicht geirrt hast?“

Der Anrufer schien keine Zweifel zu haben.

„Und was soll ich tun? Falls auch nur ein Körnchen Wahrheit an den Geschichten dran ist, darf die Telaba-Beschwörung unter keinen Umständen in falsche Hände fallen. Ich kenne den Mann nicht, der sie mir gebracht hat.“

Jupiter war mehr als neugierig geworden. Um was handelte es sich bei dieser Telaba-Beschwörung?

DIE TELABA-BESCHWÖRUNG

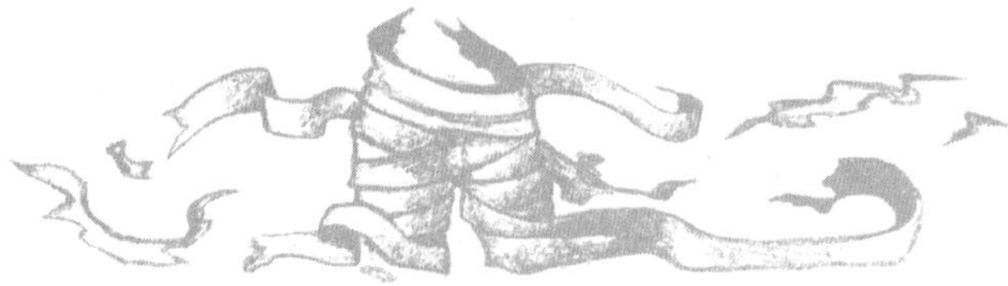

Nachdem Professor Katz aufgelegt hatte, murmelte er in einem fort: „Unfassbar, absolut unfassbar." Er verschwand in Richtung Toilette, und Jupiter nutzte die Gelegenheit und schlich auf Zehenspitzen in das Arbeitszimmer seines Vaters. Überall lagen Zettel und Bücher herum. Aus dem Fax sah Jupiter ein bedrucktes Blatt lugen. Auf dem Briefkopf stand „Professor Cornelius Sinarta". Mit klopfendem Herzen griff Jup nach dem Blatt und las den Text:

> Erasmus, altes Haus,
> woher hast du das Papyrus? Es enthält ohne Zweifel die Telaba-Beschwörung. Ich habe den genauen Wortlaut in unsere Sprache übertragen und hoffe, dass die Beschwörung auch auf diese Weise möglich ist. Du weißt, was …

Weiter kam Jup nicht. Von hinten stieß die Hand des Professors wie ein Raubvogel herab und entriss ihm das Papier. Noch nie zuvor hatte Jupiter seinen Vater so wütend gesehen. „Seit wann schnüffelst du in meinem Büro herum?“, fuhr er ihn mit hochrotem Gesicht an.

„Ich … ich schnüffele nicht!“, stotterte Jup verlegen. „Ich war nur … neugierig.“

Professor Katz schüttelte das Fax in der Luft. „Meine Post geht dich überhaupt nichts an! Haben wir uns verstanden?“

„Ja“, maulte Jup.

„Dann räume bitte noch das Geschirr weg, und danach ab in dein Zimmer!“

„Paps, bitte, ich …“

Mit einer energischen Handbewegung schnitt ihm der Professor das Wort ab. „Keine Widerrede!“

Nachdem Jupiter das Zimmer verlassen hatte, flog hinter ihm die Tür zu.

„Ich lass mich nicht wie ein Kleinkind behandeln“, knurrte er wütend.

Aus dem Arbeitszimmer kam heftiges Rumoren. Schubladen wurden geöffnet und heftig wieder zugeschoben, Schranktüren klapperten. Jup konnte der Versuchung nicht widerstehen und spähte durch das Schlüsselloch. Er sah, wie sein Vater den Brief gerade zwischen zwei aufeinander gestapelten Ordnern versteckte.

Professor Katz schien den Blick zu spüren und drehte sich mit einem Ruck zur Tür um. Jupiter schnellte in die Höhe und raste in die Küche. Er klapperte laut mit dem Geschirr, um zu beweisen, wie eifrig er war.

Was ist die Telaba-Beschwörung?, hämmerte es in seinem Kopf. Jup brannte darauf, mehr zu erfahren. Aber wie?

Als er am nächsten Tag aus der Schule kam, war die Burg leer. Rufend ging Jupiter durch die Gänge, doch sein Vater meldete sich nicht.

Er war auch nicht im Turmzimmer, das er seit einigen Wochen bewohnbar machte.

Aus der Küche kam das heisere Krächzen von Kox. Jupiter hatte die Krähe vor zwei Jahren im Schnee gefunden. Sie war am Flügel verletzt gewesen, und Jup hatte sie mit nach Hause genommen und gesund gepflegt. Bald hatte sich gezeigt, dass es sich um keine gewöhnliche Krähe handelte. Sie war zahm, bewies großes Talent beim Nachmachen von Stimmen und Geräuschen und außerdem einen sechsten Sinn für Übersinnliches.

Jup fand Kox auf dem Küchentisch, wo er ganz wichtig auf und ab trippelte.

„Was gibt's denn? Wieso die Aufregung?", fragte er die Krähe.

Kox machte eine nickende Kopfbewegung. Jup kam näher und bemerkte den Zettel auf dem Tisch.

Lieber Jupiter,
musste dringend nach Luisenstein. Es geht um irgendwelche Außerirdischen, die dort gesichtet worden sein sollen. Bitte übersiedle für ein paar Tage zu Vicky und Nick. Ich melde mich,
Paps

Als das Telefon klingelte, war sich Jup sicher, dass sein Vater anrief. Doch am anderen Ende war Herr Leder.

„Der Professor hat die Übersetzung des Papyrus, das ich ihm gebracht habe", fiel er gleich mit der Tür ins Haus. „Ich habe heute schon mit ihm telefoniert und vereinbart, den Text in einer Stunde abzuholen."

„Äh … ja." Jupiter wusste nicht so recht, was er sagen sollte. „Mein Vater ist aber leider nicht da."

„Nicht da? Das soll wohl ein Witz sein. Ich sitze seit Stunden im Auto. Er hat mir versprochen, auf mich zu warten!", tobte Herr Leder. „Wenn ich die Übersetzung nicht sofort bekomme, dann … dann kriegt dein Vater mächtigen Ärger."

Peng. Herr Leder hatte aufgelegt.

Jupiter lief unruhig auf und ab. Was sollte er tun? Das Arbeitszimmer war nicht abgesperrt, und er sah sich suchend auf dem Schreibtisch um. Dort herrschte das übliche Chaos. Von einer Übersetzung keine Spur.

Jup versuchte sich zu erinnern, wo sein Vater das Fax mit der Übersetzung versteckt hatte.

DIE DROHUNG

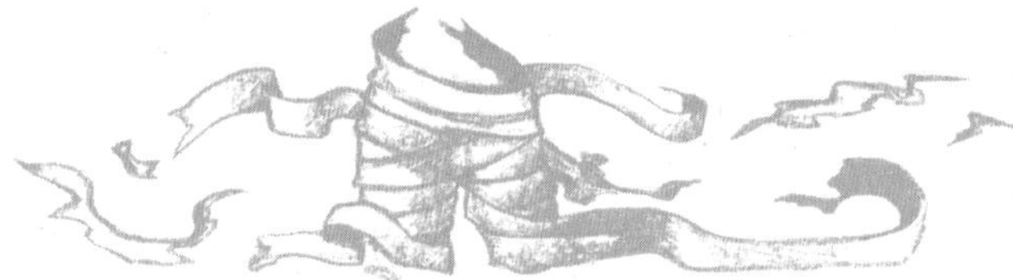

Kox krächzte aufgeregt, als Jupiter das Fax von Cornelius Sinatar aus einem großen Aktenstapel hervorzog. Es bestand aus zwei Teilen: dem Brief und einer Übersetzung der Hieroglyphen des Papyrus.

Was sollte Jup nur tun? Sein Vater war häufig ziemlich zerstreut, fast schon verwirrt. Er traute ihm ohne Weiteres zu, mit Herrn Leder einen Termin vereinbart und ihn dann vergessen zu haben.

Unschlüssig ließ Jupiter das Fax in seinen Fingern rascheln. Der Zorn seines Vaters am vergangenen Abend fiel ihm wieder ein, als er Jup mit dem Schreiben in der Hand erwischt hatte.

Und da war noch etwas. Hatte der Professor nicht zu seinem Kollegen etwas über die Gefährlichkeit dieser Telaba-Beschwörung gesagt? Sie durfte nicht in falsche Hände fallen!

„Was soll ich nur tun, Kox?“, fragte Jupiter seine Krähe, ohne eine Antwort zu erwarten.

Kox hörte nicht auf zu krächzen.

Unten klingelte es an der Eingangstür. Es war eine uralte Zugglocke, die sich wie das Klappern leerer Blechdosen anhörte.

Jup ging los und öffnete.

Herr Leder stürmte grußlos in die Burg.

„Wo ist der Professor? Wo ist die Übersetzung?“, fuhr er Jupiter an und hob drohend den Zeigefinger. „Du wirst mächtig Ärger bekommen, Bürschchen. Und dein feiner Vater ist ein Betrüger. Er hat zwar mein Geld genommen, aber nichts dafür geleistet. Ich werde dafür sorgen, dass alle Zeitungen über seine miesen Geschäfte berichten.“

„Nein, das dürfen Sie nicht!“, sagte Jupiter schnell.

„Ich darf alles!“, versicherte ihm Herr Leder.

Jup ließ die Schultern sinken. „Haben Sie heute mit meinem Vater telefoniert?“, fragte er.

„Natürlich, wann denn sonst. Was soll diese Frage? Ich habe wirklich keine Lust, hier länger herumzustehen. Entweder ich bekomme, was mir gehört, oder ich gehe augenblicklich zur nächsten Zeitung!“ Herr Leder sah ihn herausfordernd an.

„Ich ... ich hole die Übersetzung!“, sagte Jupiter leise und stieg die Treppe nach oben.

Kox flatterte aufgeregt vor dem Arbeitszimmer auf und nieder und schrie so laut und schrill wie nie zuvor.

Das Telefon klingelte, und Jup riss den Hörer in die Höhe. „Paps?“, fragte er hoffnungsvoll.

„Ja, ich bin es!“, kam die Stimme seines Vaters.

„Paps, ich … ich … pass auf!“ Damit ihn Herr Leder nicht hören konnte, verzog sich Jupiter mit dem Apparat in die Küche. Er drückte die Tür zu und sprach so leise wie möglich.

„Dieser Herr Leder ist da und verlangt die Übersetzung!“

Professor Katz schnappte hörbar nach Luft. „Ich habe ihm gesagt, dass er sie nicht bekommen kann. Das war dumm. Ich hätte sagen sollen, dass eine Übersetzung gar nicht möglich ist.“

„Was soll ich jetzt machen?“, wollte Jup wissen.

„Gar nichts. Schick ihn weg.“

Kox stieß einen lauten Schrei aus, der Jupiter an den Tag erinnerte, als er die Krähe gefunden hatte. Damals hatte Kox große Schmerzen gehabt.

„Moment, Paps!“, sagte er schnell und stürzte auf den Gang. Unten hörte er die Haustür ins Schloss fallen. Kox lag vor dem Arbeitszimmer auf dem Boden und hatte einen Flügel weggestreckt.

Vor dem Haus wurde ein Wagen gestartet.

Jupiter stürmte aus der Burg, sah aber nur noch die Staubwolke, die die Reifen des Wagens aufwirbelten. Der Motor heulte gequält, als Herr Leder davonraste.

Jups Herz raste, als er ins Arbeitszimmer zurücklief. Seine schlimmste Befürchtung traf ein: Das Fax mit der Übersetzung war verschwunden.

SCHRECK AM ABEND

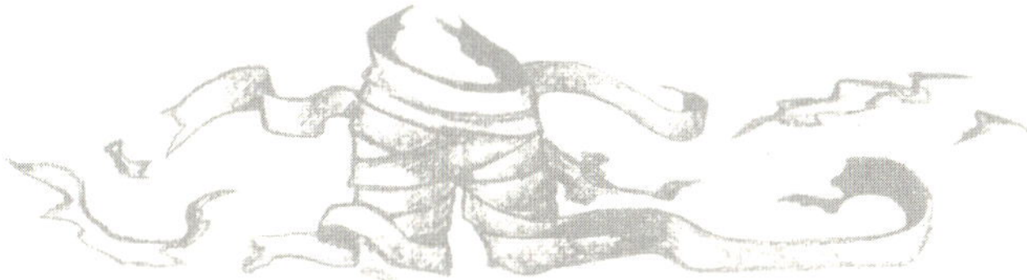

Jupiter kämpfte mit sich. Sollte er seinem Vater die Wahrheit sagen? Als er den Hörer ans Ohr hielt, war die Leitung aber unterbrochen. Er legte auf und wartete, doch sein Vater rief nicht mehr an. In Luisenstein gab es öfters Probleme mit der Telefonverbindung.

Vom Gang kam Kox' jämmerliches Krächzen. Jup kniete sich neben ihn und untersuchte den Flügel. Schon bei der kleinsten Berührung schrie die Krähe auf. Jupiter beschloss, den Tierarzt zu rufen.

Was für ein Unglückstag!

Am Nachmittag zog Jupiter mit Sack und Pack zu Vicky und Nick. Normalerweise hielt der Grusel-Club seine Treffen in der ehemaligen Folterkammer von Burg Falkenfels ab, an diesem Tag aber wurde Nicks Zimmer zum Treffpunkt.

Jup hielt Kox auf dem Schoß und streichelte über den schwarz gefiederten Kopf. Ein Verband presste den gebrochenen Flügel an den Körper der Krähe.

„Was hat der Tierarzt gesagt?“, erkundigte sich Vicky.

„Dieser Herr Leder ist ein Mistkerl“, fluchte Jup. „Er hat Kox in der Tür eingeklemmt. Er muss den Verband mindestens drei Wochen tragen und darf nicht fliegen. Das ist für ihn das Schlimmste.“

„Und du hast keine Ahnung, was diese Telaba-Beschwörung sein soll?“, wollte Nick wissen.

„Nein, leider. Aber die Sache muss wirklich heiß sein, sonst wäre Paps nicht so aufgeregt gewesen.“

Vicky verabschiedete sich hastig. Sie musste am Abend wieder auf die Kinder der Familie Ellermann aufpassen.

„Aua“, stöhnte sie beim Aufstehen und rieb sich das Bein. Sie hatte sich beim Sturz mit dem Fahrrad den Knöchel verknackst, und es tat noch immer ziemlich weh.

„Und was machen wir?“, fragte Jupiter Nick.

Sein Cousin überlegte kurz und grinste dann breit. „Ich hätte da schon eine Idee. Bist du dabei?“

Gespannt hörte Jup sich an, was Nick sich ausgedacht hatte.

Die vier Ellermann-Kinder waren schlimmer als ein Sack Flöhe. Der Jüngste war erst zwei Jahre alt und hatte an diesem Abend den Kühlschrank ausgeräumt. Auf dem Küchenboden lag eine dicke Schicht aus zerbrochenen Marmeladegläsern, Sahne und Essiggurken.

Die Zwillinge Hanna und Theresa hatten in der

Zwischenzeit die Badewanne überlaufen lassen. Vorher hatten sie aber noch drei Flaschen Schaumbad ins Wasser geschüttet. Der Schaum reichte fast bis zur Badezimmerdecke.

Nur der Älteste, Jeronimo, lag in seinem Zimmer auf dem Boden und las. Es war ein Vampirbuch, das ihm seine Eltern strengstens verboten hatten.

Vicky hatte wirklich alle Hände voll zu tun, um das Chaos wenigstens halbwegs unter Kontrolle zu bekommen.

Jeronimo kam schreiend aus seinem Zimmer in die Küche gestürzt. Er rutschte auf dem glitschigen Boden aus und landete im rot-weiß-grünen Matsch.

„Im Garten ... komm schnell. Im Garten ...“, keuchte er.

„Was ist dort?“, wollte Vicky wissen.

Jeronimo packte sie an der Hand und zerrte sie mit. „Du musst die Polizei rufen!“ Seine Stimme war nur noch ein Wimmern.

„Hast du wieder in diesem Horror-Buch gelesen, von dem du immer Albträume bekommst?“, fragte Vicky streng.

Jeronimo antwortete ihr nicht. Er zog sie zu einer Glastür, die von seinem Zimmer in den Garten führte. Mit zitternden Fingern deutete er nach draußen. „Dort ... dort war es. Ich habe es genau gesehen.“

Vicky starrte in die schwarze Nacht.

WIE IN LUFT AUFGELÖST

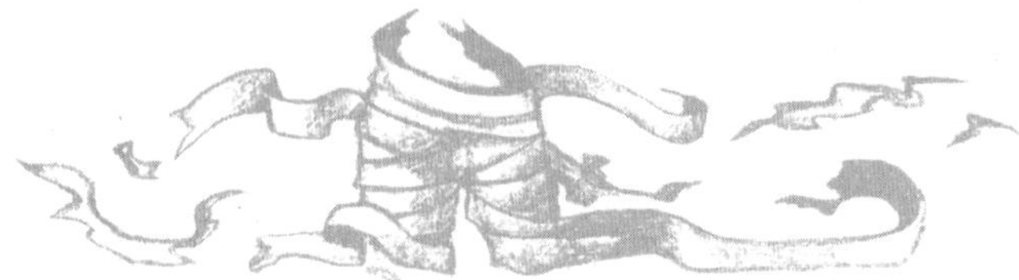

„Ich sehe nichts. Du bist bestimmt über ein paar Äste erschrocken, die sich im Wind bewegt haben." Vicky wollte wieder in die Küche zurück, aber Jeronimo versperrte ihr den Weg.

„Keine Äste … ein Mensch. Ein schwarzer Mann. Er hat auf dem Rasen gestanden, und seine Augen haben geglüht."

Vicky glaubte ihm kein Wort.

In diesem Augenblick riss Jeronimo die Augen weit auf und zeigte nach draußen. Vicky drehte sich um und erstarrte. Vor Schreck und Überraschung klappte ihr der Mund auf.

„Jetzt siehst du ihn auch!", japste Jeronimo.

Draußen stand eine schwarze Gestalt mit hängenden Armen und glotzte in ihre Richtung.

Vickys Lippen bewegten sich stumm. Beinahe hätte sie laut ausgesprochen, was ihr gerade eingefallen war, aber das wäre für Jeronimo zu erschreckend gewesen.

Die Mumie …, schoss es ihr durch den Kopf.

Die Augen begannen, hinter den Stoffstreifen violett zu glühen. Das Licht zog Vicky an wie ein Magnet. Sie konnte den Blick einfach nicht davon abwenden.

Ein seltsames Gefühl machte sich in ihr breit. Sie wurde immer leichter und hohler, als wäre sie völlig ausgetrocknet und leer.

„Was … was hast du? Was ist mit dir?“ Jeronimo zupfte aufgeregt an Vickys Pulli. Sie schaffte es endlich, sich von dem hypnotisierenden Blick der Mumie zu befreien, und schüttelte den Kopf, um das unheimliche Gefühl loszuwerden.

„Augenblick mal“, schnaufte sie. „Das soll wohl die Rache für gestern sein.“ Vicky riss die Gartentür auf und rief in die Dunkelheit: „Sehr witzig, Jup und Nick! Aber darauf falle ich nicht rein!“

Das violette Leuchten erlosch. Die Mumie drehte sich mit steifen Schritten um und verschwand hinter den Büschen.

„Ihr entkommt mir nicht!“, zischte Vicky laut und nahm die Verfolgung auf.

Jeronimo hatte in der Zwischenzeit im Wohnzimmer den Schalter der Gartenbeleuchtung gefunden. Er drückte ihn, und in den Bäumen gingen starke Scheinwerfer an.

Verwirrt blieb Vicky stehen und sah sich um. Die schwarze Mumie war verschwunden. Obwohl Vicky sie höchstens für ein paar Sekunden aus den Augen verloren hatte, war sie weg. Als hätte sie sich aufgelöst.

„Die beiden sind wirklich sehr geschickt", murmelte Vicky. „Haben immer einen guten Fluchtweg. Trotzdem sehen wir uns daheim, und dann können sie was erleben!"

Die Nacht war kühl, und Vicky fröstelte. Sie bohrte die Fäuste in die Hosentaschen und stapfte zum Haus zurück. An der offenen Tür standen alle vier Ellermann-Kinder und blickten ihr mit großen Augen entgegen.

„Das war nur ein Streich dummer Jungen", beruhigte sie Vicky, warf aber zur Sicherheit noch einen Blick über die Schulter in den erleuchteten Garten.

Keine Spur mehr von der schwarzen Mumie.

Jungen sind das Allerletzte, dachte sie grimmig.

Hätte sie genauer hingesehen, dann wäre ihr etwas aufgefallen: Im feuchten Rasen waren deutlich ihre Fußspuren zu sehen, wie sie der Mumie nachgelaufen und wieder zurückgekommen war. Doch es gab keine Spuren der Mumie.

RASCHELN IM BAUM

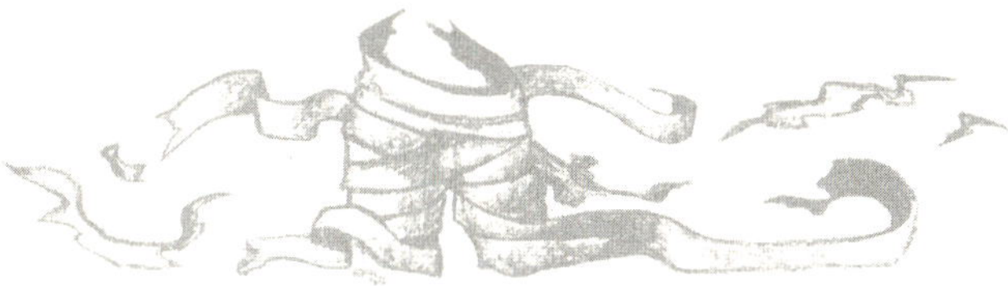

Nachdem sie die Ellermann-Kinder beruhigt hatte, rief Vicky zu Hause an.

„Ich wette, Jup und Nick sind vor einiger Zeit weggegangen“, erklärte sie ihrer Mutter.

Frau Schwarzbusch wusste davon nichts, ging aber nachsehen. Als sie wieder ans Telefon kam, war sie äußerst überrascht. „Sie sind tatsächlich nicht da. Woher wusstest du das?“

Vicky berichtete von der Mumie im Garten und dem Schrecken, den sie den Kindern eingejagt hatte. „Richte den beiden Scherzkeksen aus, ich habe das gar nicht witzig gefunden. Und Rache ist süß!“

Als Herr und Frau Ellermann nach Hause kamen, schliefen ihre Kinder friedlich. Vicky war völlig erschöpft. Sie hatte es geschafft, die Spuren des Chaos zu beseitigen. Nur der Küchenfußboden klebte noch ein bisschen.

Herr Ellermann fuhr sie im Auto heim, bedankte sich und überreichte Vicky das vereinbarte Geld.

Gähnend öffnete sie das Gartentor und stapfte über den Kiesweg. Dabei grübelte sie über eine besonders schreckliche Rache für Nick und Jupiter.

Zum Glück ist morgen schulfrei, dachte sie.

Da raschelte es über ihr in den Blättern des Nussbaumes. Sie blickte hoch, konnte aber nichts erkennen.

„Wahrscheinlich ein Eichhörnchen, das nicht schlafen kann", murmelte sie und kramte den Haustürschlüssel aus ihrer Hosentasche.

Abermals raschelten Blätter, und Äste knackten. Vicky machte einen Schritt zurück und starrte auf das Laub, das sich wie ein grünes Dach über ihr spannte.

Während sie da stand und schaute, geschah es: Völlig unerwartet stürzte etwas von oben auf sie herab. Sie sah ausgestreckte schwarze Arme und lange Spinnenfinger, die nach ihr griffen. Bevor sie noch schreien konnte, hatte sie der Angreifer schon zu Boden gerissen.

Vicky schlug verzweifelt um sich und versuchte, sich zu befreien. Sie spürte harten Stoff über ihr Gesicht kratzen. Die Spinnenfinger verfingen sich in ihren langen Haaren und zerrten daran.

„Weg, lass mich!", keuchte sie.

Trotz der Kühle der Nacht schwitzte sie. Die schwarze Mumie war nicht schwer, drückte sie aber trotzdem fest auf den Boden.

Vicky schauderte, als sie etwas Schmieriges an ihren Händen spürte. Ekeliger Glibber quoll aus dem Stoff der Mumie und blieb an ihren Klamotten kleben.

Nach Luft ringend, kämpfte sich Vicky wieder auf die Beine und wollte die schwarze Mumie von sich stoßen.

Doch es ging nicht. Die Mumie hatte sie im Griff und klebte an ihr fest.

„Nicht … weg!“ Vicky schüttelte sich angeekelt, aber die Umarmung der Mumie wurde nur noch enger. Der Geruch von Schlamm und altem Leim ging von ihr aus. Zu Vickys Entsetzen löste sie sich immer mehr auf.

Die schleimigen Stoffstreifen hingen in Fetzen von dem dünnen Körper herab. Darunter kam ein flaches Gesicht mit toten Augen, einem verzerrten Mund und einer breiten Narbe auf der Stirn zum Vorschein.

„Ääääää!“, schrie Vicky. Sie stieß, schüttelte und trat, so fest sie nur konnte. Dann bekam sie eine kleine Unebenheit auf dem Rücken der Mumie zu fassen.

Es war ein Aufblasventil.

ZUM LEBEN ERWACHT

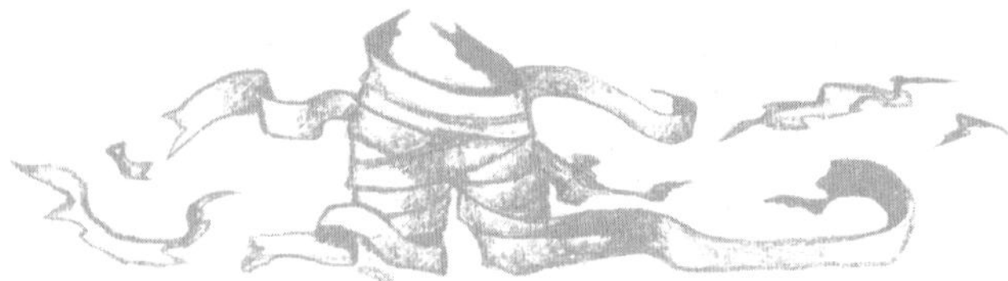

In der Baumkrone kicherte es. Das Kichern wurde immer lauter und zu einem schallenden Gelächter. Beine tauchten zwischen den Blättern auf, und Jupiter und Nick sprangen neben Vicky auf den Kiesweg.

„Ihr seid die größten Knallköpfe, die ich kenne!", fauchte sie.

„Hauptsache die Größten!", grölte Jupiter und klopfte sich vor Vergnügen auf die Schenkel.

„Erinnerst du dich an Frankie?", fragte Nick seine große Schwester.

„Das aufblasbare Frankensteinmonster?"

„Genau! Wir haben ihn für dich ein bisschen eingewickelt und in eine Mumie verwandelt. Leider war der Kleister noch nicht ganz trocken", berichtete Jupiter grinsend.

„Ihr seid nicht ganz dicht", stellte Vicky wütend fest. „Ich bin völlig verdreckt!"

„Und vor allem erschrocken. Denn auch du hast den Mut nicht mit dem Löffel geschluckt!", stellte Nick zufrieden fest. „Wegen deiner Klamotten brauchst du dir keine Sorgen zu machen. Lässt sich alles auswaschen.“

„Im Garten der Ellermanns habt ihr eure dämliche Frankie-Mumie wohl auch tanzen lassen!“, knurrte Vicky.

Nick und Jupiter sahen einander fragend an. „Hä?“

„Tut nicht so unschuldig. Ich werde euch alles heimzahlen. Egal, ob ihr es zugebt oder nicht!“

Energisch schüttelten die Jungen den Kopf. „Wir waren den ganzen Abend hier und haben die Mumie gebastelt. Zu den Ellermanns hätte uns deine Mutter bestimmt nicht mehr fahren lassen“, sagte Jupiter. „Die wohnen doch in der Nähe der Festwiese, oder?“

Vicky nickte.

„Du machst Witze. Bei den Ellermanns war keine Mumie“, sagte Nick fast flehend.

„Doch, dort war eine im Garten. Eine schwarze Mumie!“ Vicky warf den Jungen einen scharfen, nicht gerade freundlichen Blick zu.

„Wir haben damit nichts zu tun“, versicherte Jup noch einmal.

Vicky lief ein kalter Schauer über den Rücken. Und wenn die beiden die Wahrheit sagten? Wer war dann im Garten der Ellermanns gewesen?

Der nächste Tag war ein Samstag. Vicky, Nick und Jupiter hatten schulfrei und konnten ausschlafen.

Jup wurde unsanft geweckt. Jemand rüttelte ihn an der Schulter. Es kostete ihn einige Mühe, die Augen zu öffnen.

„Was ist denn los?", brummte er. Jupiter war ein Morgenmuffel der ganz besonders schlimmen Art.

„Schnell, dein Vater ist am Apparat!", hörte er die Stimme seiner Tante. „Die Verbindung ist sehr schlecht, aber er will unbedingt mir dir sprechen."

Mit einem Schlag war Jup hellwach. Er riss seiner verdutzten Tante den Hörer aus der Hand und lief damit auf den Flur.

„Paps, hallo?"

„Jupiter, endlich!" Sein Vater klang sehr erleichtert. „Du musst mir einen Gefallen tun. Bitte geh in mein Arbeitszimmer und vernichte die Übersetzung, die mir Cornelius gefaxt hat. Ich habe das ungute Gefühl, dieser Herr Leder könnte sonst versuchen, sie zu stehlen."

„Ist schon passiert!", platzte Jupiter heraus.

„Oh, mein Gott", flüsterte Professor Katz.

„Was ist diese Telaba-Beschwörung?", wollte Jup wissen.

Die Leitung knackte und rauschte, als riefe der Professor vom anderen Ende der Welt an.

„Es gibt keinen Beweis, dass sie funktioniert. Doch soll es sich um einen Spruch handeln, mit dessen Hilfe einbalsamierte Tote zu neuem Leben erweckt werden können", erklärte Jups Vater.

Jup erschauerte. „Gibt es auch eine Gegenformel, mit der der Zauber wieder gestoppt werden kann?", fragte er ängstlich.

Ein lautes Rauschen zwang ihn, den Hörer vom Ohr wegzuhalten. Danach war die Verbindung unterbrochen.

Jupiter spürte sein Herz heftig pochen. Unruhig fuhr er sich mit den Händen durch die zerstrubbelten Haare. Falls es stimmte, was Vicky behauptete, so war die echte schwarze Mumie vielleicht zum Leben erweckt worden.

Von hinten legte sich eine kalte Hand auf seine Schulter. Mit einem Aufschrei wirbelte Jupiter herum.

„Ach, du bist es!", seufzte er erleichtert.

„Wen hast du erwartet? Die schwarze Mumie?", spottete Vicky.

„Ja, genau die!", gab Jup zurück. Er schlug sich mit der Hand auf die Stirn. „Dass mir das nicht schon früher aufgefallen ist."

„Was aufgefallen?", fragte Vicky.

„Es besteht ein Zusammenhang zwischen der Telaba-Beschwörung und der schwarzen Mumie!", erklärte Jupiter.

Vicky sah ihn ratlos an. Wovon redete er?

„Die Schriftzeichen auf dem Papyrus", sagte Jup. „Es sind die gleichen wie auf dem Sarg!"

MERKWÜRDIG

Gleich nach dem Frühstück traf sich der Grusel-Club zu einer Besprechung. Bevor sie anfangen konnten, steckte Frau Schwarzbusch den Kopf ins Zimmer.

„Wir müssen zu Tante Franziska, Kinder. Sie braucht unsere Hilfe im Haus. Wahrscheinlich wird es später, bis wir zurückkommen. Könnt ihr euch allein versorgen?"

„Aber klar!", versicherten die drei.

Vickys und Nicks Eltern verabschiedeten sich und brachen auf.

Jupiter berichtete den anderen beiden, was er von seinem Vater erfahren hatte.

„Aber … aber Mumien, die zum Leben erwachen, gibt es nur in Horrorfilmen", meinte Nick.

„Dann erkläre mir, wen sonst Vicky im Garten der Ellermanns gesehen hat!", fuhr ihn Jup an.

Nick konnte nur mit den Schultern zucken. „Die Ellermanns wohnen ganz nahe an der Festwiese, wo das Mumien-Zelt steht", fiel Vicky wieder ein.

Jup strich sich nachdenklich über das Kinn. „Bleibt die Frage, wieso die Mumie zu dir gekommen ist?"

Vicky sah ihn erschrocken an. „Du meinst wirklich, sie ist *zu mir* gekommen? Und nicht nur zufällig im Garten aufgetaucht?"

Ihr wurde übel. Schon den ganzen Morgen fühlte sie sich nicht sehr wohl. Vor allem hatte sie eine Abscheu vor Wasser. Es war ihr fast unmöglich gewesen, sich das Gesicht zu waschen. Das Wasser hatte auf ihrer Haut gebrannt wie Feuer.

Vicky wusste natürlich, dass es so etwas nicht geben konnte, und hatte deshalb nichts gesagt.

„Wir fahren zu Frau Amun und reden mit ihr. Vielleicht hat dieser Herr Leder die Telaba-Beschwörung tatsächlich an der schwarzen Mumie ausprobiert." Jupiter sprang auf und lief zur Tür. Nick folgte ihm. Nur Vicky blieb sitzen.

„Ich ... ich kann nicht. Ich bin total ... schlapp", sagte sie niedergeschlagen.

Die Jungen warfen sich einen grinsenden Blick zu. Von wegen schlapp. Vicky hatte Angst.

„Wir schaffen das auch ohne dich", meinte Jup großzügig.

Nachdem sie auf den Rädern weggefahren waren, ging Vicky nach oben in ihr Zimmer. Was hatte sie bloß? Wurde sie krank? Eine Grippe oder so?

Sie ließ sich auf das Bett fallen und starrte zur Decke.

Merkwürdig. Vicky hatte an diesem Morgen

noch keinen Tropfen getrunken und war trotzdem nicht durstig.

„Eröffnung: Samstag, 21 Uhr!", stand in leuchtenden Buchstaben auf dem Dach des Ausstellungszeltes. Darüber erhob sich der aufgeblasene Riesen-Mumienkopf und starrte mit toten Augen Richtung Straße.

Jupiter und Nick fuhren über einen holprigen Schotterweg bis zum Zelteingang und lehnten die Räder gegen ein kleines Häuschen, wo am Abend die Eintrittskarten verkauft wurden.

Der Eingang war mit mehreren Vorhängeschlössern abgeriegelt. Ein grünes Schild warnte vor unerlaubtem Betreten.

„Lebensgefahr!", stand sogar darauf.

„Das ist wohl ein schlechter Scherz, um Leute abzuschrecken, die sich das Eintrittsgeld sparen wollen", meinte Nick. Er fühlte sich sehr unbehaglich.

Jup zuckte mit den Schultern.

„Aber … wenn die schwarze Mumie noch immer frei herumläuft, was tun wir dann?", wollte Nick von seinem Cousin wissen. „Sie könnte uns angreifen. Wie verteidigt man sich denn gegen eine Mumie?"

„Halt die Klappe!", zischte Jupiter. Auch ihm war die ganze Sache nicht geheuer. Deshalb nervte ihn Nicks Gerede besonders.

„Wo ist bloß diese Frau Amun?", murmelte er.

Nick formte die Hände zu einem Trichter und rief: „Hallo, Frau Amun! Wir müssen dringend mit Ihnen sprechen."

Irgendwo in der Nähe wurde eine Tür geöffnet und geschlossen. Schritte kamen. Frau Amun bog um die Ecke und musterte die Jungen misstrauisch.

„Was habt ihr hier zu suchen? Die Eröffnung ist erst am Abend", sagte sie unfreundlich.

Jup ließ sich davon nicht abschrecken. Er berichtete hastig von der Telaba-Beschwörung und der schwarzen Mumie, die Vicky beobachtet hatte.

Stumm hörte Frau Amun zu. „Das … das ist doch Unsinn", meinte sie, als Jup fertig war.

„Ist ein Mann hier aufgetaucht, der selbst ein bisschen wie eine Mumie aussieht?", erkundigte sich Jup unbeirrt.

„Nein, außer mir ist niemand hier", sagte Frau Amun. Sie sagte es sehr laut und deutlich.

Als wollte sie jemanden warnen, schoss es Jupiter durch den Kopf.

Hinter dem Zelt fiel eine Tür zu. Es war dieselbe, durch die Frau Amun gekommen war – wahrscheinlich die Tür eines Wohnwagens.

Jup und Nick sahen die Frau zweifelnd an.

„Was war das?", fragte Jup.

Frau Amun lächelte verlegen. Sie ging auf die Jungen zu und versuchte, sie vom Zelt wegzuschieben.

„Hier ist niemand!", rief sie laut. Sie schrie fast.

Jupiter sah über ihre Schulter und riss überrascht den Mund auf.

„Aber … dort!“ Er zeigte aufgeregt zum Zelt.

„Dort ist nichts!“, bellte Frau Amun. Doch sie wusste selbst, dass das nicht der Wahrheit entsprach.

MUMIENHÄNDE

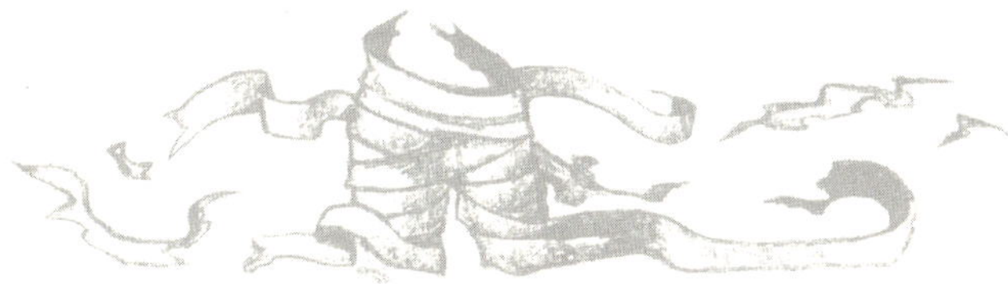

Ganz langsam, fast wie in Zeitlupe, schob sich die dunkle Hand über die Bettkante. Ihr folgte eine zweite. Die Finger waren in schwarze Stoffstreifen eingewickelt, die auf dem Bettzeug dunkle Spuren hinterließen.

Wie die langen Beine einer Spinne krabbelten die Finger über das Bettzeug ganz langsam auf Vickys Kopf zu.

Es waren die Hände einer Mumie. Die Hände der schwarzen Mumie. Vicky sah sie kommen, wollte schreien, brachte aber keinen Ton heraus. Sie versuchte aufzuspringen, doch unsichtbare Kräfte pressten sie ins Laken.

Der Schweiß trat Vicky aus allen Poren. Die schaurigen Hände krochen immer höher, direkt auf ihren Kopf zu. Sie hatten keine Arme, keinen Körper. Es waren nur zwei schwarz bandagierte Hände, die sich bewegten.

„Ver… verschwindet“, brachte Vicky endlich heraus. „Weg, geht weg!“

Doch die Mumienhände krabbelten weiter. Näher und näher kamen sie an Vickys Gesicht heran.

„Nein … nicht!", keuchte sie.

Die Hände ließen sich davon nicht stoppen. Sie waren schon ganz dicht an ihrem Kinn, als sie sich wie Raubkatzen auf das Mädchen stürzten. Vicky versuchte, sie abzuschütteln, prustete und schnaufte, hatte aber keinen Erfolg.

Eine der beiden Hände spreizte die Finger und hielt dann Vickys Nase zu.

„Was soll das? Aufhören!", keuchte Vicky.

Die andere Hand legte sich über ihren Mund. Vicky hatte den Geschmack von altem Papier und Leim auf der Zunge.

Sie wollen mich ersticken!, dachte sie erschrocken. Aber sie gab nicht auf. Mit ganzer Kraft presste sie alle Luft, die sie noch eingeatmet hatte, heraus. Ihre Nase und ihr Mund explodierten geradezu.

Im hohen Bogen wurden die Mumienhände weggeschleudert. Vicky konnte sich endlich aufrichten und aus dem Bett springen.

Doch dort war kein Boden. Sie fiel in eine grenzenlose Tiefe. Fiel und fiel und fiel und fiel …

Wummms! Die Landung war hart.

Zuerst wusste Vicky nicht, wo sie war. Sie sah Holzbeine, Pappkartons und einen Papierkorb.

Langsam dämmerte es ihr. Sie lag auf dem Boden ihres Zimmers und hatte noch immer die Augen halb geschlossen. Neben ihr war das Bett, aus dem sie das Laken gerissen hatte.

Hastig untersuchte sie das Bettzeug nach Spuren der Mumienhände und atmete erleichtert auf. Es waren keine schwarzen Striche oder Punkte zu entdecken.

„Ich habe alles nur geträumt!“, seufzte sie.

Als Vicky aufstand, fiel ihr Blick auf ihre Beine. Sie konnte nicht glauben, was sie dort sah. Hastig klopfte sie sich ab und machte eine unfassbare Entdeckung. Nach Luft ringend, taumelte sie zu dem hohen Spiegel, der an ihrer Schranktür angebracht war. Sie schrie auf, als sie ihr eigenes Spiegelbild sah.

Hinter dem Zelt auf der Festwiese war Herr Leder aufgetaucht. Er funkelte Jupiter wütend an.

„Diese Rotznasen könnten uns noch einen Strich durch die Rechnung machen“, sagte er mit schriller, aufgebrachter Stimme.

„Sie … Sie kennen diesen Mann?“, fragte Jup entsetzt.

Frau Amun blickte zwischen den beiden Mitgliedern des Grusel-Clubs und Herrn Leder hin und her.

„Was tun wir jetzt, Alvin?“, zischte sie ihm kaum hörbar zu.

„Lass sie nicht wieder fort. Wenigstens nicht bis heute Nacht. Sie dürfen nichts verraten, sonst ist die Sensation im Eimer!“, befahl Herr Leder.

„Sie … Sie haben die Mumie des Magiers also wirklich erweckt!“, stieß Jupiter hervor.

Frau Amun lachte auf. „Ja, aber er hat sie nicht unter Kontrolle. Das Ding ist weggerannt und erst im Morgengrauen wiedergekommen. Seither liegt es im Sarkophag und rührt sich nicht. Wer weiß, ob sie heute Nacht wieder erwacht."

„Natürlich wird sie das. Ich werde die Beschwörung wiederholen", versicherte ihr Alvin Leder. „Der Bericht wird in allen Zeitungen und im Fernsehen erscheinen. Wir werden weltberühmt und endlich reich. Die wandelnde Mumie ist eine Sensation!"

Nick warf Jupiter einen fragenden Blick zu und machte eine kaum merkliche Bewegung mit dem Kopf. Damit wollte er ihn fragen, ob sie abhauen sollten oder nicht.

DER FLUCHTVERSUCH

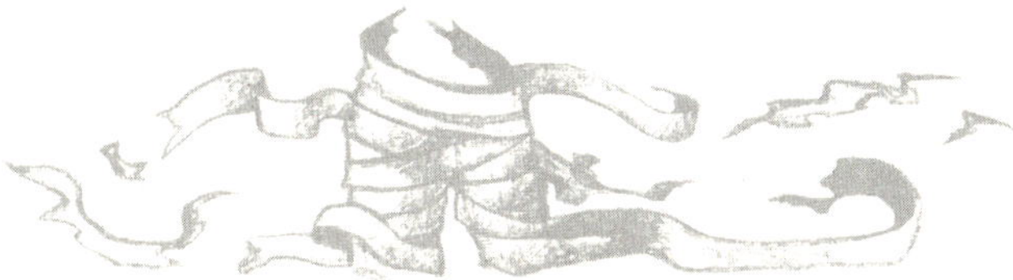

Vicky hob langsam ihre Hände vors Gesicht. Sie musste die Finger ganz aus der Nähe sehen, sonst glaubte sie es nicht.

„Nein … nein!“, flüsterte sie.

Ihre Beine waren bereits bis über die Knie in dünne gelbe Streifen gewickelt. Ihre Hände ebenso. Es war grober Stoff mit dicken Fasern. Er war steif und verklebt und krachte leise, als Vicky die Finger bewegte.

Hastig versuchte sie, die Stoffstreifen wieder zu entfernen. Im nächsten Augenblick schrie sie vor Schmerz auf.

Der Stoff schien mit ihrer Haut verwachsen zu sein. Auch von ihren Beinen gingen die Mumienbinden nicht ab. Sie wuchsen so schnell, dass Vicky ihnen dabei zusehen konnte. Schon waren ihre Beine bis zu den Oberschenkeln umwickelt.

Was sollte sie nur tun? Auch ihre Arme verwandelten sich in Mumienarme, und auf ihrer Stirn waren die Stoffstreifen ebenfalls schon zu spüren.

Sie schienen aus dem Nichts aufzutauchen und sofort mit ihrer Haut, den Haaren und den Klamotten zu verschmelzen.

Vicky fiel ihre Abscheu vor Wasser wieder ein. Wenn sie nur ans Trinken dachte, wurde ihr übel.

„Ich vertrockne langsam … ich werde außen und innen zur Mumie", flüsterte sie entsetzt.

Aber wie war das möglich? Konnte sie nichts dagegen tun?

Minuten später war von Vicky nichts mehr zu erkennen. In ihrem Zimmer stand eine gelb-graue Mumie. Mit steifen, eckigen Schritten setzte sie sich in Bewegung.

Jup gab Nick mit dem Kinn ein Zeichen, in welche Richtung er laufen sollte. Es gab nur eine Möglichkeit zu entkommen. Sie mussten in unterschiedliche Richtungen stürmen. So wie Jup Frau Amun und Herrn Leder einschätzte, waren sie nicht schnell genug, um sie beide zu erwischen. Das hoffte er zumindest.

Frau Amun und Herr Leder hatten die Köpfe zusammengesteckt und berieten sich murmelnd.

„Jetzt!", flüsterte Jup so leise, dass nur Nick es hören konnte.

Die Jungen rannten los, jeder in eine andere Richtung. Dummerweise liefen sie aber aufeinander zu, krachten zusammen und fielen zu Boden.

Bevor sie wieder aufspringen konnten, hatten sie Frau Amun und Herr Leder schon geschnappt.

Mit eisernem Griff hielten sie die Jungen an ihren Pullis fest.

„Ihr wolltet wohl türmen? Daraus wird aber nichts!", zischte Frau Amun.

„Was machen wir jetzt mit ihnen?", fragte Herr Leder.

Die Frau deutete mit dem Kopf auf das Zelt. „In die Kiste mit den Metallbändern. Dort kommen sie nicht raus", raunte sie ihm zu.

Die Jungen erkannten, dass jeder neuerliche Fluchtversuch zwecklos war. Der Mann und die Frau waren bedeutend kräftiger, als sie gedacht hatten.

Im Zelt war es stickig und warm. In der Luft hing der Gestank von Moder und Staub. Jupiter und Nick hatten Mühe zu atmen. Frau Amun und Herr Leder dagegen schienen an den üblen Geruch gewöhnt zu sein. Sie schubsten die Jungen durch die Ausstellung, die mittlerweile aufgebaut war, vorbei an den Robotermumien und ägyptischen Figuren.

Nick stieß Jup mit dem Ellbogen an. Der Sarkophag des Magiers war schräg aufgestellt worden, sodass man einen guten Blick auf den Mumiensarg darin werfen konnte.

Die Augen der Maske waren geschlossen. Es sah aus, als ob der Magier schliefe.

Nur ein paar Schritte daneben riss Frau Amun einen Vorhang zur Seite. Dahinter waren die Transportkisten versteckt. Die größte, in der der Sarkophag transportiert worden war, hatte mehrere

Verstärkungen und Stützen aus Metall und stand offen.

Unsanft wurden Jup und Nick in sie hineinbefördert, und Herr Leder klappte sofort den großen Deckel zu. Er tat es so schwungvoll, dass das Holz der Kiste krachte und die Metallbänder schrille Laute von sich gaben.

Draußen klickten Schlösser.

„Eins … zwei … drei … vier … fünf!“, zählte Nick leise.

„Schön brav sein da drinnen“, ermahnte Frau Amun die Jungen. Zu Herrn Leder sagte sie: „Bist du sicher, die Mumie wird heute Abend wieder erwachen? Wir können uns keine Pleite leisten, sonst sind wir ruiniert.“

„Ich … ich werde sie ganz einfach sofort beschwören. Wir schließen sie dann aber wieder im Sarg ein, damit sie nicht entkommen kann. Vielleicht wird sie dadurch besonders wild und liefert heute Abend eine große Schau!“ Die Augen des Mannes blitzten bei dieser Vorstellung.

In der Kiste drängten sich Jup und Nick an die Bretterwand und spähten durch die dünnen Spalten nach draußen.

Herr Leder zog das zusammengefaltete Fax aus der Jackentasche, öffnete es und baute sich vor dem Mumiensarg auf.

Jupiter versuchte zu entziffern, was Cornelius Sinatar in seinem Brief schrieb, das Jup noch nicht gelesen hatte. Ihm blieb fast die Luft weg.

DIE BERÜHRUNG DES VERDERBENS

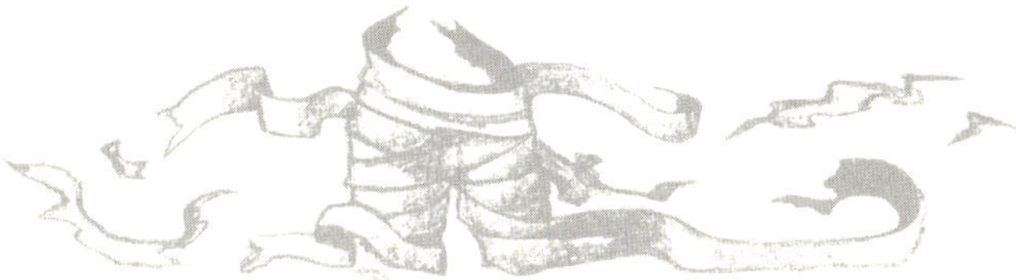

… Du weißt, was geschieht, wenn die Telaba-Beschwörung dreimal bei derselben Mumie angewandt wird. Die Mumie kehrt von diesem Augenblick niemals wieder in den Zustand zurück, aus dem sie erweckt wurde. Sie wird ruhelos wandern und wandern und wandern.

Im Falle des Magiers Sun al Fiman, von dem diese Telaba-Beschwörung stammt, hätte das ganz besonders schreckliche Folgen: Er hat sich beim Einbalsamieren magische Kräfte verleihen lassen. Jede Berührung mit ihm versetzt einen Menschen ebenfalls in den Zustand der lebendigen Mumie …

Jupiter schluckte heftig.

„Alvin, weißt du eigentlich, wieso die Beschwörung gestern beim ersten Mal nicht funktioniert hat?“, fragte Frau Amun in diesem Augenblick.

„Vielleicht hat sie das sogar, aber wir hätten noch warten müssen“, erwiderte Herr Leder.

Jupiter hatte plötzlich einen staubtrockenen Mund. Der Wahnsinnige führte die Beschwörung zum dritten Mal durch. Hatte er den Brief nicht richtig gelesen?

„Nicht, hören Sie auf!“, schrie Jup und trommelte mit den Fäusten gegen die Kistenwand. „Die Mumie ist nach der dritten Beschwörung nicht mehr aufzuhalten!“

„Haltet die Schnauze!“, schrie Frau Amun in Richtung der Kiste.

„Wir müssen ihn stoppen!“, sagte Jup verzweifelt zu Nick.

Aber wie?

Herr Leder hielt den Zettel weit von sich gestreckt in einer Hand. Mit der anderen machte er magische Bewegungen.

„Telaba-telonga. Aus dem Reich der Toten kehrst du zurück. Teluna-talona“, rief er mit beschwörender Stimme. Es folgten noch weitere Worte, die Jupiter nicht verstand, und immer wieder der Aufruf, zu erwachen.

Nick presste das Gesicht so fest gegen die Holzwand, dass es schmerzte.

„Es geschieht nichts“, meldete er aufgeregt.

Der Mumiensarg war noch immer geschlossen.

Herr Leder ließ die Arme sinken.

„Wieso bewegt sie sich nicht?“ Frau Amun zupfte hektisch an ihren Haaren.

„Vielleicht bewegt sie sich, aber wir sehen es nicht, weil der Deckel geschlossen ist", vermutete Herr Leder.

Sofort trat Frau Amun an den Sarkophag und machte sich an dem Mumiensarg zu schaffen. Wieder gab es dieses schmatzende Geräusch, als sie den Deckel anhob.

Jup und Nick hielten die Luft an.

„Huuuaaaaa!" Ein tiefer, unwirklicher Schrei zerriss die Luft. Frau Amun und Herr Leder sprangen erschrocken zurück.

Der Deckel des Mumiensarges zerbarst in tausend Splitter. Nur die Maske blieb ganz. Wie von Geisterhand bewegt, schwebte sie in der Luft.

Die schwarze Mumie schoss aus dem Sarg und griff nach der Maske. Sie zog sie über den bandagierten Kopf und brüllte erneut.

Nick und Jup schrien auch – vor Schreck, Überraschung und Fassungslosigkeit.

Der Mund der Maske bewegte sich. Das dämonische Gesicht des Magiers schien lebendig geworden zu sein.

Grimmig bleckte es die Zähne. Wie ein Raubtier, das sich eingeschlossen fühlte, drehte sich die schwarze Mumie nach links und rechts und gab warnendes Gebrüll von sich.

„Du Hohlkopf hast etwas falsch gemacht!", raunte Frau Amun Herrn Leder zu.

Mit einem gurgelnden Schrei stürzte sich die Mumie auf die beiden. Die schwarzen Finger gespreizt und ausgestreckt wie dünne Krallen, griff sie nach ihren Opfern. Es gab ein zischendes Geräusch, als sie die Frau am Arm und den Mann an der Brust berührte.

Danach drehte sich die Mumie um, stieß ein tiefes Gelächter aus und stapfte mit großen, eckigen Schritten davon.

„Halte sie fest!“, schrie Frau Amun.

Herr Leder wollte die Mumie verfolgen, kam aber nicht weit. Sie drehte sich mit einem Ruck um und starrte ihn an. Die Augen der lebendigen Maske begannen, grün zu glühen. Herr Leder wich zurück, als würde ihn eine unsichtbare Hand schieben.

„Warum unternimmst du nichts?“, schimpfte Frau Amun aufgebracht.

Die Verwandlung kam viel schneller als bei Vicky. Mit rasender Geschwindigkeit bildeten sich um die Körper von Frau Amun und Herrn Leder Hüllen aus engen Stoffstreifen.

Fassungslos starrten sie auf ihre Arme und Beine. Bevor sie noch etwas sagen konnten, hatten sich die Leinenbinden schon über ihren Mund gelegt. Nur für die Augen blieb ein schmaler Schlitz frei.

Mit den gleichen eckigen Bewegungen wie der Magier setzten sich die beiden neuen Mumien in Bewegung und schwankten durch das Zelt.

Jupiter und Nick sahen zu wie erstarrt.

Der stechende Blick der Mumie fiel auf die Holzkiste, in der die beiden gefangen saßen. Mit langsamen Schritten kam sie zurück. Die beiden Jungen hörten einen Schrei, der an das Brüllen eines Löwen erinnerte. Im nächsten Augenblick bohrte sich die schwarze Mumienhand durch das Holz und zerriss es wie dünnes Papier.

„Sie will uns auch!", keuchte Nick.

Durch die Löcher in der Kistenwand fiel in dünnen Strahlen Licht. Jupiter sah sich hektisch nach etwas um, womit sie sich gegen die Mumie verteidigen konnten. Wenn die schwarzen Hände des Magiers sie erst einmal berührt hatten, war es zu spät.

IN DER FALLE

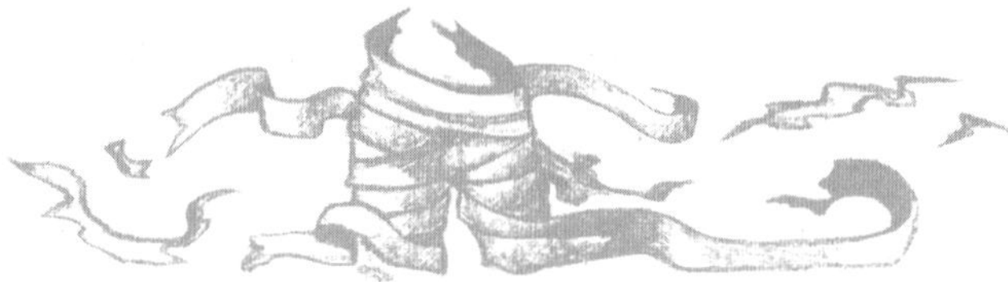

Neben allerhand Brettern, leeren Säcken, Tüchern und Seilen lag in der Kiste auch ein Handfeuerlöscher. Jup schnappte ihn sich mit zitternden Händen.

Unter grässlichem Knurren, Schnauben und Brüllen vergrößerte die schwarze Mumie das Loch in der Kiste. Ihre Stimme hörte sich hallend und irgendwie unwirklich an.

„Geh zurück“, raunte Jup Nick zu.

„Aber ... ich kann dich doch nicht allein lassen“, flüsterte Nick.

Die Mumie hatte zu brüllen aufgehört und gab dafür murmelnde Beschwörungen von sich. Wie eine Schlange schlüpfte sie durch das schmale Loch, eine Hand gierig nach den Jungen ausgestreckt.

Der tote Magier, der zu neuem, gruseligem Leben erweckt worden war, hatte nur eines im Sinn: möglichst viele Menschen in Mumien zu verwandeln. Ein Plan, den er schon vor Tausenden Jahren gefasst hatte, als er noch wirklich gelebt hatte.

„Mach schon!“, rief Nick drängend.

Jupiter richtete die Spritzdüse des Feuerlöschers auf die Mumie und drückte ab.

Aber nichts geschah.

Gar nichts.

Erschrocken schnappte Jup nach Luft.

Die Stoffhaut der Mumie blieb an den ausgefransten Rändern des Loches hängen. Die vorstehenden Splitter und Kanten hakten sich fest und rissen Fäden und Fetzchen heraus. Mit aller Kraft presste Jupiter noch einmal den Griff zusammen, mit dem der Löschschaum aus dem roten Metallbehälter entlassen wurde.

Ohne Erfolg.

Die Mumie riss sich los und richtete sich drohend auf. Das grelle Grün ihrer Augen tauchte das Innere der Kiste in gruseliges Licht.

Die Mumie drehte den Kopf zuerst zu Nick und dann zu Jupiter. Das grüne Licht schien durch die Augen der Jungen in ihren Körper einzudringen und sie zu erfüllen wie glühendes, flüssiges Blei.

Die beiden machten eine schaurige Entdeckung: Ihre Haut wurde auf einmal durchsichtig. Das grüne Licht ließ ihre Knochen durchschimmern. Mit Grausen blickte Jup auf seine Skeletthände, die den Feuerlöscher hielten.

Die Mumie kam immer näher.

„Wenn sie uns berührt, ist es aus. Dann werden wir auch Mumien!“, stieß Nick hervor.

Aus der Brust des Magiers kam ein tiefes, kehliges Lachen, das die Kiste dröhnen ließ. Der Mund der Maske verzog sich zu einem siegessicheren, teuflischen Grinsen. Ganz langsam, als wollte er sich an ihrer Hilflosigkeit weiden, streckte der Magier die schwarzen Hände vor und fasste nach Jupiter und Nick.

„Jup, ich weiß, wieso das Ding nicht funktioniert!", keuchte Nick. „Der Sicherungsbolzen steckt noch am Griff!"

Dieses Problem war schnell behoben. Als Jupiter nun abermals zudrückte, ging ein Zucken durch den Feuerlöscher und den Schlauch.

Mit einem gierigen Aufschrei stürzte sich die Mumie auf sie. Der kalte weiße Schaum traf sie mitten in das Maskengesicht.

Mit einem gurgelnden Laut versuchte die Mumie auszuweichen, doch Jup hielt den Schlauch genau auf sie gerichtet. Zischend entlud sich immer mehr prickelnder Löschschaum auf die schwarze Spukgestalt. Es knisterte und knackte, als die Millionen Bläschen zerplatzten.

Stöhnend, fast wimmernd, sank die Mumie zu Boden und versuchte, sich vom Schaum zu befreien. Ihre Bewegungen waren unsicher, immer wieder griff sie ins Leere. Sie sah aus, als wäre sie betrunken.

„Los, raus. Weg!", rief Jupiter Nick zu.

Die Jungen zwängten sich durch das kleine Loch und stürmten zum Zeltausgang. Zum Glück war er nicht verschlossen, und sie konnten hinaus ins Freie.

„So weit weg wie möglich!", kommandierte Jup. Sie rannten, so schnell sie konnten, quer über die Festwiese auf den kleinen Stadtwald zu. Ihre Lungen brannten, als sie die Bäume erreichten und im Schutz des Unterholzes Deckung suchten. Erschöpft ließen sie sich auf den weichen Waldboden fallen.

„Jup … mir ist so komisch", meldete Nick. Gleich darauf verdrehte er die Augen und sank zur Seite.

Jupiter wollte ihm helfen und kroch auf allen vieren zu ihm. Doch er kam nicht weit. Seine Arme und Beine gaben nach, und er landete ausgestreckt neben Nick.

Wie ein schwarzer Vorhang senkte sich ein tiefer, traumloser Schlaf über sie.

IM BANN DES MAGIERS

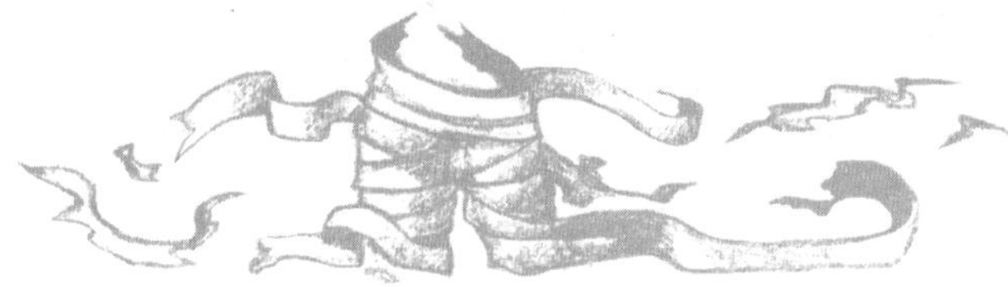

Jupiter kam als Erster wieder zu sich. Er brauchte allerdings lange, bevor er sich erinnern konnte, wo sie waren.

Sein Rücken schmerzte, weil er auf einem Stein gelegen hatte. Seine Beine waren eingeschlafen, und sein Kopf fühlte sich an wie ein ausgeblasenes Ei.

Rund um ihn war es stockfinster. Die Luft war kühl, und er fröstelte. Erst am Kiwitt-kiwitt eines Käuzchens wurde ihm klar, dass es Nacht war.

Nacht?

Das war doch nicht möglich! Sie waren am Vormittag zur Mumienausstellung gegangen. Sollten sie so viele Stunden geschlafen haben?

Jup tastete nach Nick und rüttelte ihn. „Wach auf, wach auf!“

Brummend richtete sich Nick auf und rieb sich die Augen.

Am Himmel war der Mond hinter einer Wolke

hervorgekommen und beleuchtete schwach die nächtliche Landschaft.

Auf Jupiters Uhr war es bereits halb zehn.

„Die schwarze Mumie … wo ist sie?“, flüsterte er Nick zu.

„Keine Ahnung, sie hat mir keinen Zettel auf dem Kühlschrank hinterlassen“, knurrte sein Cousin.

Mit pochendem Herzen sprang Jupiter auf und tastete sich von Baumstamm zu Baumstamm. Er hoffte, die richtige Richtung gewählt zu haben und aus dem Wald wieder rauszukommen.

Zu seiner Rechten bemerkte er einen gelblichen Lichtschimmer am Horizont. Das mussten die Lichter der Stadt sein. Dann lag die Festwiese genau vor ihm.

Hinter einem besonders dicken Stamm blieb er stehen. Er presste sich gegen die raue Rinde und starrte mit großen Augen zu der Stelle, wo das Zelt mit der Mumienausstellung stand.

„Nick, schnell, komm!“, zischte er nach hinten. Schritte raschelten, und Nick trat neben ihn.

„Das gibt es nicht!“, flüsterte er.

Das Zelt war von flackerndem Lichtschein hell erleuchtet. Es brannten keine Scheinwerfer, sondern echtes Feuer, das in einer breiten Linie rund um das Zelt loderte.

Nur beim Ausgang war ein Loch offen gelassen. Von dort bildeten zwei weitere Feuerlinien einen Weg zur Stadt.

Das Schaurigste aber waren die Gestalten, die das Zelt verließen und zwischen den halbhohen Feuerwänden auf die Lichter der Stadt zuwankten.

Es waren Mumien. Manche größer, andere kleiner, einige dick, manche dünn und hager. Alle hatten den gleichen eckigen Gang.

„Wo kommen die alle her?", hauchte Nick.

Jup zuckte mit den Schultern. Er gab Nick ein Zeichen, ihm zu folgen. Geduckt schlichen sie über die Wiese zur Hinterwand des Zeltes. Sie sprangen über den Feuerstreifen, und Jup tastete nach einer Stelle, an der sich ein Schlitz in der Zeltwand befand. Vorsichtig zog er ihn auf und spähte durch das Loch.

Im Zelt spielte sich Schauriges ab. Überall waren Leute, die sich in Mumien verwandelten. Sie schienen dagegen anzukämpfen, hatten aber keine Chance. In der Mitte stand die schwarze Mumie mit ausgestreckten Händen und erfreute sich ihrer bösen Tat. Auf dem Boden lag unbeachtet und zertrampelt das Fax von Cornelius Sinatar.

Die neuen Mumien waren also die Festgäste, die zur Eröffnung der Ausstellung gekommen waren. Die schwarze Mumie des Magiers hatte sie berührt, mit den grünen Augen angestarrt und auf diese Weise in Mumien verwandelt.

„Was … was tun wir jetzt?", flüsterte Nick.

Jupiter kaute an seiner Unterlippe, fand aber keine Antwort.

Die schwarze Mumie begann, abwechselnd die

linke und die rechte Faust zu ballen. Dazu stieß sie beschwörende Laute in einer Sprache aus, die die Jungen nicht verstanden.

Im nächsten Augenblick änderte sich das Verhalten der Mumien-Menschen. Sie griffen sich lose Bretter, Stangen und sogar Stühle und begannen, sie wie Waffen zu schwingen.

Das Lachen des schwarzen Magiers dröhnte triumphierend.

Die Mumien fingen an, alles um sich herum zu zertrümmern und zu zerstören. Sie mussten es tun. Sie hatten keine andere Wahl. Der Magier hatte sie in seinem Bann.

„Jup, wir müssen etwas unternehmen!“, drängte Nick.

„Ja, aber kannst du mir sagen, was?“, fuhr ihn Jupiter an.

„Äh … nein … aber du hast doch sonst immer so gute Ideen!“, stammelte Nick.

„Wir müssen meinen Vater anrufen. Aber in der Nacht ist es fast unmöglich, nach Luisenburg durchzukommen“, überlegte Jup laut.

„Wir müssen mit jemandem reden, der uns glaubt!“, rief Nick.

„Cornelius Sinatar!“, fiel Jup ein. „Er hat die Telaba-Beschwörung übersetzt. Er kennt sich mit diesem Zauber aus!“

„Hast du die Telefonnummer?“, fragte Nick aufgeregt.

Jup schüttelte den Kopf.

„Weißt du, wo er wohnt?“

Jup schüttelte wieder den Kopf.

„Dann können wir die Nummer nicht einmal bei der Auskunft erfragen. Dann ist alles aus. Der Magier wird alle Bewohner der Stadt in Mumien verwandeln. Dann müssen alle tun, was er will. Was für ein Horror!“, stöhnte Nick.

Jup fiel etwas ein. „Die Nummer steht bestimmt auf dem Fax. Ich muss es holen.“

LETZTE HOFFNUNG

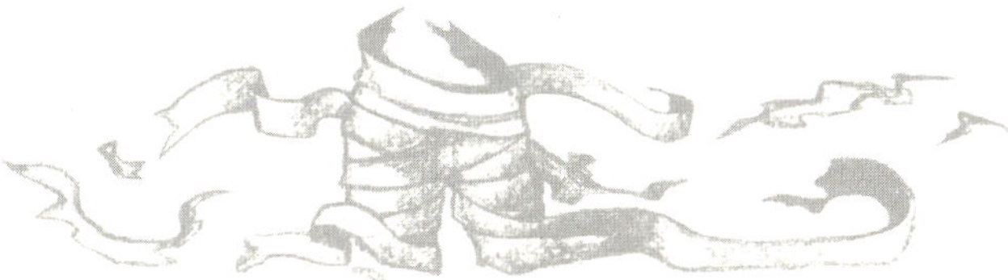

Jupiter und Nick schlichen an der Zeltwand entlang, bis sie zu der Stelle kamen, durch die sie am Vortag geschlüpft waren. Der Schlitz war noch immer groß genug für sie.

„Ich probier's“, flüsterte Jupiter. Sein Mund war staubtrocken.

„Er wird dich bemerken, und dann macht er dich auch zur Mumie“, warnte ihn Nick.

„Dann lenk ihn ab!“, trug ihm Jup auf.

Bevor Nick noch fragen konnte, wie er das anstellen sollte, war Jup schon durch den Schlitz geschlüpft.

Die schwarze Mumie hatte die Hände in die Höhe gestreckt und brüllte Beschwörungen. Aus den umwickelten Fingern zuckten grüne Blitze, die zischend zu den Mumien-Menschen sausten und sie noch wilder machten.

Nick überlegte fieberhaft, wie er Jup helfen konnte. Sein Grusel-Club-Kollege schlich geduckt hinter der schwarzen Mumie vorbei. Er war höchstens zwei Schritte entfernt. Wenn sich der Magier umdrehte, würde er Jupiter sofort bemerken.

„Ich werde …“, murmelte Nick. Doch es war bereits zu spät.

Jup hatte einen der Särge der Robotermumien gestreift. Der Deckel flog mit einem Knall auf, und der Magier drehte sich überrascht um.

Ein donnernder Aufschrei entfuhr dem Mund der Maske, als er Jupiter sah. Der Junge verlor vor Schreck das Gleichgewicht und stürzte zu Boden. Schützend hob er die Arme.

Schwarze Mumienhände richteten sich auf ihn. Wieder ließ der Magier grüne Blitze zuckten. Sie hüllten Jup ein wie ein Netz, das sich fest um ihn zusammenzog. Er wollte aufspringen, aber er konnte die Beine nicht mehr ausstrecken.

Irgendwie schaffte er es, nach dem Fax zu greifen, das Herr Leder auf den Boden hatte fallen lassen. Jupiter zerknüllte es und schleuderte den Papierball in Nicks Richtung. Er landete fast genau vor dem Schlitz in der Wand.

Gleich darauf spürte Jup die kalte, trockene Berührung der schwarzen Mumienhände. Die Kälte sauste durch seine Arme und Beine. Gleichzeitig hatte er das Gefühl, immer leichter zu werden, als wäre sein Körper mit Watte ausgestopft. Mit staubtrockener Watte. Der Blick der grünen Augen ließ die Stoffbinden an seinem Körper erscheinen. Sie legten sich eng um seine Hände und Füße und schnürten ihn ein, dass ihm die Luft wegblieb.

„Nick, mach schnell!", waren seine letzten Worte, bevor die Leinenstreifen seinen Kopf umhüllten.

Eine weitere Mumie erhob sich und wanderte mit steifen Schritten davon. Gesteuert von den grünen Blitzen des Magiers, begleitet von seinem bösen Lachen.

Nick streckte die Hand aus und bekam das Papier zu fassen. Er riss es an sich, sprang auf und stürmte in die Nacht. Sein Herz raste, und er schwitzte aus allen Poren.

Immer wieder drehte er sich um. Verfolgte ihn der Magier?

Nein. Aus dem Zelt kamen nur immer neue Mumien. Wie eine Karawane weißer Schatten bewegten sie sich auf die Stadt zu.

Nick holte sein Fahrrad, das noch immer gegen das Kassenhäuschen gelehnt stand, schwang sich auf den Sattel und raste nach Hause.

Dort erwartete ihn der nächste Schreck. Es war niemand da. In Vickys Zimmer lagen auf dem Boden kleine Fetzchen von Mumienbinden.

„Sie hat die schwarze Mumie berührt, als wir sie das erste Mal sahen ... und bestimmt wurde sie von dem grünen Blick getroffen, als die Mumie im Garten der Ellermanns war. Vicky hat sich auch verwandelt!", kombinierte Nick entsetzt. Er begann, am ganzen Körper zu zittern.

Erst nach mehreren Anläufen schaffte er es, die Nummer zu wählen, die auf dem Briefkopf des Faxes abgedruckt war.

Es klingelte.

Einmal.

Zweimal.

Dreimal.

Viermal.

Keiner hob ab.

„Bitte, bitte! Seien Sie da. Bitte!“, flehte Nick.

Fünftes Klingeln.

Sechstes, siebtes, achtes.

„Hallo?“, kam eine verschlafene Stimme.

„Herr Sinatar?“ Nick schrie fast vor Aufregung und Freude.

„Nein, der ist nicht da. Ich bin nur sein Assistent.“

Nicks Mut sank auf null.

„Ist es dringend?“

„Ja, sehr!“

„Dann wecke ich ihn.“

Minuten verstrichen, bis Cornelius Sinatar an den Apparat kam.

„Wer ist da?“, bellte er mürrisch.

Nick holte tief Luft und berichtete so schnell wie möglich, was geschehen war.

„Wie … wie kann man den Magier stoppen? Wie werden die Mumien wieder zu Menschen?“, wollte er wissen.

„Beide Fragen kann ich leicht beantworten“, sagte Herr Sinatar.

Nick hielt den Atem an.

EISIGE STILLE

„Ich habe keine Ahnung!"

„Was?"

„Ich weiß es nicht. Ich kenne nichts, was die Telaba-Beschwörung nach dem dritten Mal ungeschehen machen könnte. Und ich weiß auch nicht, wie man den Fluch dieses Magiers aufheben kann."

„Aber … aber, wer weiß es dann?", fragte Nick mit bebender Stimme.

„Auch das weiß ich nicht."

Es war also alles aus. Jupiter und Vicky waren verloren. Nick ließ wie benommen den Hörer sinken. Verzweifelt starrte er vor sich hin. Die Welt schien stillzustehen.

„He, bist du noch dran?", kam Sinatars Stimme dünn aus dem Hörer.

„Ja!", hauchte Nick schwach.

„Vielleicht gibt es doch eine Möglichkeit."

Nick hörte aufgeregt zu.

Sofort nachdem er aufgelegt hatte, schwang er sich wieder auf sein Fahrrad und trat in die Pedale.

Er musste zum Zelt zurück. Cornelius Sinatars Vorschlag klang nicht besonders schwierig. Nick wagte nicht zu hoffen, dass es so einfach sein würde, dem Spuk ein Ende zu setzen.

Merkwürdig, dachte er, als er durch die nächtlichen Gassen und Straßen kurvte. Nirgendwo war eine Mumie zu sehen. Dabei waren die grauen Gestalten doch auf die Stadt zugewankt.

Wo hatten sie sich versteckt?

Schon von Weitem sah er die Feuerstraße und den Feuerring um das Zelt. Doch auch hier von Mumien keine Spur mehr.

War der Spuk vorbei?

Hatte die schwarze Mumie des Magiers ihre Macht verloren?

Rund um das Zelt war es still. Totenstill. Nicht einmal das Säuseln des Windes war zu hören.

Die Stille kam Nick gespenstisch vor. Das Zelt schien von einer unsichtbaren Mauer umgeben, die ihm undurchdringbar vorkam. Zögernd stand er da, die Hände in die großen aufgenähten Extrataschen seiner Hose gebohrt. Die Finger seiner rechten Hand ertasteten eine Steinschleuder, die er vor Kurzem gebastelt hatte. Nick hatte sie schon überall gesucht, war aber nie auf die Idee gekommen, sie könnte in der Hose stecken.

Nachdem er tief Luft geholt hatte, ging er langsam auf den Eingang zu. Er musste noch einmal in das Zelt, wenn er den Ratschlag von Cornelius Sinatar in die Tat umsetzen wollte.

Vorsichtig zog er die Plane des Eingangs zur Seite. Seine Hände waren nass, sein Herz raste, und in seinen Ohren rauschte das Blut.

Was er sah, versetzte ihm einen Schock.

Dort standen alle Mumien dicht gedrängt nebeneinander. Über ihnen erhob sich drohend der schwarze Magier. Aus seinem Maskenmund dröhnte wieder das teuflische Lachen. Und zu Nicks Entsetzen stimmten die Mumien-Menschen mit ein. Ein Chor von bösem Gelächter schlug ihm entgegen.

Damit nicht genug, setzten sich die Mumien in Bewegung. Im Gleichschritt wankten sie auf ihn zu. Nur ganz rechts außen schien jemand nicht im Takt zu gehen, sondern zu hinken.

Hunderte umwickelte Arme streckten sich nach vorn, Hunderte Hände schnappten wie Zangen auf und zu, aus Hunderten Mündern drang es dumpf durch die Bandagen: „Du bist verloren. Du bist verloren. Du bist verloren."

Die Mumien-Menschen sagten das nicht von sich aus. Der Magier zwang sie mit seinen dunklen Kräften dazu.

Nick beobachtete, wie sich einige der Mumien aufbäumten, als wollten sie den unsichtbaren Strahlen entfliehen, die die schwarze Mumie aussendete. Doch die schienen stärker als Stahlseile zu sein.

Der Magier gab dröhnende Befehle von sich. Langsam wandelte sich seine Sprache. Die unverständlichen Worte schienen zu schmelzen und sich in Worte der heutigen Zeit zu verwandeln.

„Bringt ihn mir! Bringt ihn her!", hörte Nick die schwarze Mumie.

Irgendwo unter den anderen Mumien war Jupiter. Und irgendwo Vicky. Vielleicht konnten sie noch ein bisschen eigenständig denken. Vielleicht waren sie der Macht des Magiers nicht völlig ausgeliefert. Dann könnten sie Nick helfen. Aber wo waren die beiden?

Nick wusste, dass es keinen Sinn hatte zu flüchten. Ganz im Gegenteil: Er wollte auf die Mumien zulaufen und einen seiner Grusel-Club-Freunde finden. Er musste es versuchen. Es war die einzige Chance.

Er rannte los. Trockene Mumienhände griffen nach ihm. Er trat und schlug um sich, riss sich los, stolperte weiter und kämpfte sich auf die Mumie zu, die humpelte.

„Vicky?", rief er fragend. „Vicky? Bist du das?"

Keine Reaktion.

Sein Herz sank ihm in die Hose.

Ein Fehlschlag! Er hatte die falsche Mumie ausgesucht und war in die Falle gegangen. Schon hatten ihn die langen Arme gepackt, und er wurde an den dünnen Mumienkörper gepresst. Die Mumie drehte sich mit ihm im Kreis.

„Ich bin es", kam es dumpf und leise unter den Stoffstreifen hervor.

„Vicky? Du?" Nick konnte es nicht fassen.

„Nein, Frankenstein", grunzte die Mumie.

„Du bist es wirklich. Vicky, wir müssen zum Sarkophag der schwarzen Mumie!", raunte Nick seiner Schwester zu.

Sie tat noch immer, als wollte sie ihn zum Magier bringen. Zum Glück stand dieser nur wenige Schritte von seinem Sarkophag entfernt. So fiel es nicht auf, was in Wirklichkeit ihr Ziel war.

„Was willst du hier?", fragte Vicky unter dem Mumienstoff.

„Ich muss den Skarabäus des Mumiensarges zerstören. Das könnte die Macht des Magiers brechen", flüsterte Nick. Das war der Plan, den ihm Cornelius Sinatar verraten hatte.

Die Vicky-Mumie blieb ein paar Meter vor dem Holzsarkophag stehen.

„Wie willst du das anstellen?", fragte Vicky.

Nick suchte mit den Augen die Wand des Sarkophags fieberhaft nach dem Skarabäus ab. Zuerst musste er ihn finden.

Weder er noch seine Schwester bemerkten die Bewegung, die in die anderen Mumien gekommen war. Sie wackelten aufgeregt hin und her, stolperten und taumelten und wälzten sich wie eine graue Masse auf die beiden zu.

Die Augen der Magier-Maske wurden zu riesigen Löchern, die Miene stand auf Gewitter. Vicky und Nick bekamen auch das nicht mit, obwohl die schwarze Mumie sie mit ihren Blicken zu durchlöchern schien.

„Er muss verwandelt werden! Er muss verwandelt werden!“, raunten die grauen Mumien in einem schaurigen Chor.

„Bring ihn her, Sklavin!“, befahl die donnernde Stimme des Magiers.

Vicky blickte erschrocken zu ihm auf.

Er war gewachsen. Sein Kopf reichte nun fast bis zur hohen Decke des Zeltes.

Schützend stellte sich Vicky vor Nick. „Mach schon endlich!“, drängte sie.

Nick hatte den Skarabäus entdeckt. Er war winzig und leicht zu übersehen. „Skarabäus“, so nannten die alten Ägypter die Mistkäfer, die sie verehrten. Auf dem Mumiensarg war der Skarabäus das Symbol für die Kraft und die Macht des Toten. Der Magier hatte seinen ganz sicher mit schwarzer, böser Energie laden lassen.

„Zur Seite, sonst …!“ Aus den Fingern der Magier-Mumie schossen grüne Blitze. Sie trafen links und rechts von Vicky auf den Boden. Es zischte, und der Gestank von Verbranntem lag in der Luft. Rauch stieg auf.

Die schwarze Mumie stieß an der Zeltdecke an. Ihre Arme wuchsen und streckten sich nach Nick aus.

Dieser hatte endlich seine Steinschleuder herausgekramt. Er legte eine Glasmurmel ein, die er ebenfalls in der Hosentasche gefunden hatte, zielte und schoss.

Peng. Die Kugel prallte hart gegen die Sarkophagwand und fiel zu Boden. Der Skarabäus war unbeschädigt.

Aus dem Mund des Magiers kam donnerndes Gelächter.

Nick kramte nach einem weiteren Stein, fand aber keinen.

Immer mehr schwarze Arme wuchsen aus der Mumie heraus und suchten schlingernd nach Nick. Der Magier erinnerte jetzt an einen Oktopus.

Der erste Arm streifte Vicky, doch sie konnte ihn abschütteln.

Nick kroch auf allen vieren zu der Glasmurmel, die wieder zurückgerollt war.

Der nächste Arm des Magiers holte aus und traf die Vicky-Mumie hart an der Seite. Sie taumelte und stürzte. Der Weg zu Nick war frei.

Ohne darauf zu achten, was rund um ihn geschah, legte Nick die Kugel wieder in die Schleuder.

Die schwarze Mumie warf gleich vier Arme in seine Richtung.

Sie packten zu und wirbelten ihr Opfer in die Luft. Es war aus. Der Magier lachte triumphierend. Er hatte gewonnen.

Ein scharfer Knall ließ ihn zusammenzucken. Vom Sarkophag kam ein zweiter, dumpfer Laut, als hätte jemand eine volle Mehltüte zerplatzen lassen.

Feiner grüner Staub breitete sich aus. Die Wolke wuchs und hüllte den Magier ein.

Der Staub kam aus einer punktförmigen Öffnung in der Sarkophagwand. Es war die Stelle, wo sich bis vor wenigen Sekunden der Skarabäus befunden hatte.

Nick hatte geschossen. Und er hatte getroffen.

Die langen Mumienarme sanken kraftlos zu Boden und ließen die gefangene Beute frei. Eine graue Mumie rollte ein Stück und blieb dann regungslos liegen.

Aus dem Mund der Magiermaske kam ein gellender, wütender, langer Schrei. Die dunkle Riesengestalt bäumte sich auf, um gleich darauf wie die Hülle eines Heißluftballons in sich zusammenzusinken.

Schwarze Stoffstreifen fielen in langen Schlangen zu Boden, entzündeten sich von selbst und verbrannten mit einem zischenden Geräusch in einer grellen Stichflamme.

Die Maske des Magiers sank mit einem saugenden Geräusch auf den Mumiensarg zurück und schien wieder mit ihm zu verschmelzen. Ein letztes Mal glühten die Augen auf. Zuerst grün, dann rot, orange, gelb, und schließlich schlossen sie sich.

Der grüne Staub aber breitete sich wie eine Decke über das ganze Zelt aus, hüllte alle Mumien ein und verschwand danach in einem Blitz.

Auf dem Boden saßen, standen oder lagen wieder normale Menschen in normaler Kleidung. Völlig verwirrt und ratlos sahen sie einander an.

Keiner schien sich erinnern zu können, was geschehen war.

Die Mumie aber, die sich durch die Menge gedrängt und in die Arme des Magiers geworfen hatte, war niemand anderer als Jupiter.

Er schüttelte sich, stand langsam auf, fuhr sich mit den Händen durch die zerstrubbelten Haare und taumelte zu seinen Freunden. Anerkennend klopfte er Nick auf die Schulter.

„Klasse gemacht, echte Spitzenleistung!“

Nick grinste stolz.

Aus der Menge tauchten Frau Amun und Herr Leder auf. Sie stürzten zum Sarkophag und starrten auf den inneren Mumiensarg.

Er hatte wieder die Maske auf dem Deckel.

Ohne lange zu zögern, öffneten sie ihn.

Mit einem hohen Schrei sprang eine schwarze Katze heraus und jagte zwischen den Leuten davon.

„Die Mumie … wo ist sie?“, flüsterte Frau Amun Herrn Leder zu.

Die Besucher der Ausstellung wurden unruhig. „Was geht hier vor?“, verlangten einige zu erfahren. „Uns scheint, Sie haben uns betäubt, oder?“

Frau Amun bekam einen roten Kopf. Die Gäste drängten sich aufgeregt um sie.

„Wir gehen lieber“, flüsterte Jupiter seinen Freunden zu.

Nacheinander schlüpften sie durch den Spalt in der Zeltwand und traten in die kühle Nachtluft hinaus. Erst nachdem sie einige Male tief durchgeatmet hatten, ging es ihnen besser.

„Die Katze … war das ein Zufall?", wollte Nick wissen.

„Weiß nicht", sagte Vicky unsicher.

„Fürchte nicht", meinte Jup.

„Ich will heim!", sagte Nick.

Hinter ihnen kauerte die Katze still auf einem Stein. Sie hatte den Kopf zum Himmel gedreht, und ihre grün funkelnden Augen schauten zum Mond.

WENN DER GRAUE NEBEL KOMMT ...

DIE MOORMENSCHEN

Vicky bremste und sprang vom Sattel ihres Fahrrades. Wütend blickte sie zu ihrem kleinen Bruder Nick, der mit Landkarte und Kompass dastand und herauszufinden versuchte, wo sie sich befanden.

„Gib es endlich zu, wir haben uns verirrt!“, knurrte sie.

Nick presste die Lippen zusammen. Niemals würde er das zugeben. Verbissen starrte er auf die Landkarte, als wollte er sie hypnotisieren.

„Man sollte kleinen Kindern eben keinen Kompass in die Hand geben“, schnaubte Vicky.

„Und große Schwestern sollte man verbieten!“, schnauzte Nick zurück.

Jupiter kam keuchend zu Vicky und Nick geradelt. Er war ein Stück vorgefahren, um sich umzusehen.

„Und? Hast du einen Wegweiser gefunden?“, wollte Vicky wissen.

Jup schüttelte den Kopf. „Nichts, absolut nichts. Wir befinden uns in der totalen Einöde."

Suchend sah sich Nick um. „Wenn es wenigstens eine Burg, eine Ruine, einen Turm oder sonst etwas hier gäbe. Dann könnten wir viel leichter rausfinden, wo genau wir sind."

Vicky warf einen Blick auf die Uhr und meinte besorgt: „Leute, es ist bereits halb sieben. In spätestens einer Stunden ist es hier stockfinster."

Jup deutete auf die weiten Wiesen, die sich links und rechts von dem Feldweg erstreckten, auf dem sie sich befanden. Zwischen den hohen graugrünen Halmen schwebten da und dort Nebelschwaden.

„Sieht nach Nebel aus!"

„Nein, wirklich? Ich hab das für gehackten Sonnenschein gehalten", spottete Vicky.

Nick klopfte mit dem Finger auf die Landkarte und sagte: „Ich fürchte, wir befinden uns mitten im Dunkelsteiner Moor."

„Und was bedeutet das?", wollte Vicky wissen.

Jup grinste schief. „Ganz einfach: ein falscher Schritt, und du versinkst. Blub-blub-blub! Kennst du nicht die Sage von den Moormenschen, die hier leben sollen?"

„Nein, erzähl!" Vicky lehnte sich gespannt auf den Lenker ihres Fahrrades.

„Bevor wir hergefahren sind, habe ich in einem Buch meines Vaters nachgelesen, ob aus dieser Gegend unheimliche Vorkommnisse bekannt sind. Dabei bin ich auf die Sage der Moormenschen gestoßen." Jup blickte auf die sumpfigen Wiesen hinaus und fuhr fort. „Immer wieder soll sich hier etwas Schauriges ereignet haben: Ganz überraschend und viel zu früh ist die Nacht hereingebrochen. Innerhalb weniger Minuten war es stockfinster. Viele Reiter und Kutscher, die versucht haben, in der Dunkelheit aus dem Moor herauszukommen, sind vom Weg abgekommen und von der nassen Erde verschlungen worden wie von einem hungrigen Maul."

Mit offenem Mund hörte Nick seinem Cousin zu.

„Bereits in der Nacht nach ihrem schrecklichen Unfall sollen die Verunglückten aber wieder gesehen worden sein. Sie kamen aus dem Moor gestiegen, als gäbe es darin Treppen nach oben. Sie waren von Kopf bis Fuß in ein Geflecht aus Erde und Wurzeln gehüllt, doch ihre Gesichter waren noch erkennbar."

Nun schauderte auch Vicky.

„Die Moormenschen schienen das Moor verlassen zu wollen. Sie kämpften gegen die nassen braunen Fesseln an, und manchen gelang es sogar, den Rand des Moores zu erreichen. Doch die nassen braunen Fesseln ließen ihre Opfer nicht los. Versuchten sie den Fuß auf den trockenen Weg zu setzen, wurden sie unbarmherzig zurück in die schlammigen Tiefen gezogen. Kilometerweit soll das verzweifelte Heulen und Schreien der Moormenschen zu hören gewesen sein."

„Danke, das reicht!“, sagte Vicky trocken.

Nick schluckte. „Ich glaube, es ist auf einmal viel dunkler geworden. Wie in deiner Geschichte.“

Die anderen beiden mussten ihm recht geben.

„Das liegt an den schwarzen Wolken, die aufgezogen sind“, stellte Jupiter fest.

Entsetzt blickte Nick in das Moor hinaus, wo sich der Bodennebel zu teilen schien. Was er sah, ließ ihn nach Luft schnappen. Drei mit Wurzeln überwachsene, vor Schlamm tropfende Gestalten stiegen aus dem Moor. Sie hatten die Gesichter von Nick, Vicky und Jup.

KALTER NEBEL

Nick schüttelte den Kopf wie ein nasser Hund. Er rieb sich die Augen und blickte wieder zu der Stelle, wo die Spukgestalten aufgetaucht waren.

„Was ist denn dort?", wollte Vicky wissen und folgte seinem Blick.

„Ni... nichts", stammelte Nick. Er hatte sich alles nur eingebildet. Jups Erzählung und das schnelle Einbrechen der Dunkelheit hatten ihn Moormenschen sehen lassen, wo gar keine waren.

„Ganz ruhig, Leute", sagte Jupiter zu Vicky und Nick. „Uns kann nichts geschehen. Unsere Fahrräder haben Licht, und wir werden bestimmt nicht vom Weg abkommen. Allerdings sollten wir jetzt aufbrechen."

Die drei stiegen wieder auf ihre Räder und folgten einfach dem Weg.

„Irgendwann müssen wir zu einem Wegweiser oder einer Ortschaft kommen", rief Jup, der voranfuhr, über die Schulter.

„Und wenn nicht?", fragte sich Nick leise.

Der Weg war nicht asphaltiert, sondern nur gewalzt und geschottert und voller tiefer Schlaglöcher. Immer wieder machte er scharfe Kurven, obwohl es keinen Grund dafür zu geben schien.

Die dunklen Wolken am Himmel wurden dichter, das Tageslicht immer schwächer. Die drei vom Grusel-Club traten fest in die Pedale.

„Und was jetzt?", fragte Vicky, als sich der Weg vor ihnen gabelte. Sie konnten in drei Richtungen weiterfahren.

„Diese Kreuzung muss doch auf der Karte eingezeichnet sein", brummte Jup. Er faltete sie auf, und alle drei beugten sich darüber. Nick holte seine kleine Taschenlampe aus dem Rucksack, damit sie besser sehen konnten.

Suchend ließ Vicky den Finger über die Wege gleiten, die im Moor eingezeichnet waren.

Jup schüttelte fassungslos den Kopf. „Gibt es das? Ich sehe keine einzige Kreuzung so wie hier."

„Vielleicht ist die Karte alt", vermutete Vicky.

„Nein, erst dieses Jahr erschienen", sagte Nick.

Obwohl die drei warme Jacken trugen, spürten sie die beißende, feuchte Kälte, die aus dem Moor aufstieg. Es war, als würde der nasse Nebel in ihre Hosenbeine kriechen und ihre Beine gefrieren lassen.

„Weiter, kommt!", drängte Nick zähneklappernd. Er hätte es niemals zugegeben, aber das Dunkelsteiner Moor war für ihn schrecklich unheimlich. Er sehnte sich zurück in den gemütlichen Landgasthof, in dem sie mit ihren Eltern abgestiegen waren.

Wieso war er nur auf diese Radtour mitgekommen und nicht ins Hallenbad gegangen?

Jup blickte unschlüssig von einem Weg zum anderen. „Was meint ihr, welchen sollen wir nehmen?“

„Seht mal hier!“, sagte Vicky und zeigte auf eine Erhebung im Moorgras am Rande der linken Abzweigung. Es war ein alter, steinerner Wegweiser. Darauf stand unter einem Pfeil in verwitterten Buchstaben „Kaltenbach“.

ES VERSCHLINGT ALLES

Nick suchte auf der Karte, gab aber schließlich auf. „Ich kann keinen Ort finden, der Kaltenbach heißt!“

„Hoffentlich gibt es ihn dann überhaupt“, seufzte Vicky.

„Los, das ist unsere einzige Chance, irgendwo anzukommen, bevor es ganz dunkel ist!“, rief Jup. „Vielleicht können wir dort telefonieren.“ Weil ihre Eltern nicht wollten, dass sie Handys mit in den Urlaub nahmen, hatte keiner von ihnen eines dabei.

Sie schalteten die Lichter an ihren Fahrrädern ein und folgten dem Pfeil.

Obwohl es erst kurz vor sieben Uhr war, herrschte rund um sie schon bald stockfinstere Nacht. Keiner der drei konnte das verstehen. Sie hatten bereits zwei Tage in Dunkelstein verbracht, und dort war es erst gegen halb neun so dunkel gewesen. Vielleicht waren wirklich die Wolken schuld, die sich über ihren Köpfen zusammenballten.

„Mann, wenn das nur kein Gewitter gibt", jammerte Nick. „Hab keine Lust, jetzt auch noch nass zu werden."

Eine Weile fuhren sie schweigend dahin. Jeder der drei achtete ganz genau auf den Weg. Sie wussten, was geschah, wenn sie von ihm abkamen und ins Moor gerieten.

Nick blieb stehen und schnaubte. „Mannomann, der Weg und das Moor sind kaum noch auseinanderzuhalten. Überall wächst das doofe Gras!"

Vicky und Jup mussten ihm recht geben. Bald konnten sie nicht mehr weiterfahren, sondern mussten die Räder schieben. Der Weg war völlig zugewachsen.

Mit den Schuhspitzen tasteten sie vor jedem Schritt, ob der Boden auch hielt.

Als Jupiter einmal zu weit zur Seite trat, versank er sofort bis zum Knöchel im dunklen, kalten Schlamm. Erschrocken riss er das Bein in die Höhe und schüttelte es.

„Das ist Wahnsinn", berichtete er keuchend. „Dieses Moor scheint ... zu leben. Es ... es zieht dich richtig nach unten, wie eine Hand."

Vicky tippte sich an die Stirn. „Du spinnst!"

„Tu ich nicht!", rief Jup aufgebracht. „Spiel dich nicht immer als Frau Supercool auf. Das bist du nämlich nicht."

„Jetzt hör mal, Kleiner!" Vicky legte ihr Rad zur Seite und ging drohend auf Jupiter zu. „Wir haben es nur dir zu verdanken, dass wir in diesem elenden Moor herumirren – wie die dämlichen Moormenschen, von denen du vorhin gefaselt hast."

„He, regt euch ab!", mischte sich Nick ein, doch er wurde von seiner großen Schwester einfach zur Seite gestoßen. Schon seit längerer Zeit herrschte Hochspannung zwischen ihr und Jup. Jeder wollte dem anderen beweisen, dass er stärker und mutiger war.

„Ich schlage keine Mädchen", erklärte Jupiter ruhig und blieb mit verschränkten Armen stehen. „Schon gar keine, die ohne meine Hilfe heulend auf dem Boden hocken würden."

„Dei… dein Fahrrad!", japste Nick.

„Halt dich da raus!", zischte Vicky ihm zu.

„Aber dein Fahrrad … sieh nur!" Nick leuchtete auf die Stelle, an der Vicky es abgelegt hatte.

„Nein … nicht …!" Vickys Stimme war nur noch ein Flüstern.

Ihr Fahrrad versank im Moor. Auch wenn sie es nicht wollte, musste sie Jup recht geben: Der braune Erdschlamm schien wie mit dicken Krakenarmen nach dem Rad zu greifen und es zu umschlingen. Große Blasen stiegen auf, als wäre unter der Oberfläche ein Lebewesen, das langsam ausatmete.

Jup holte Luft, ging mit schnellen Schritten an Vicky vorbei und bekam gerade noch den Sattel ihres Rades zu fassen. Er klammerte sich mit beiden Händen fest und begann zu ziehen.

„Helft mir doch!“, stöhnte er mit zusammengebissenen Zähnen.

Etwas zögernd traten Nick und Vicky zu ihm. Sie griffen nach dem Rad und zerrten, aber das Moor schien stärker zu sein und seine Beute nicht mehr hergeben zu wollen.

„Fester, fester!“, trieb Jup die anderen an.

Sie lehnten sich zurück und stemmten sich mit den Fersen gegen den geschotterten Weg.

„Wir schaffen es!“, krächzte Nick.

Und tatsächlich, Zentimeter für Zentimeter konnten sie das Rad dem Moor wieder entreißen. Schließlich landete es klirrend auf dem Weg. Von den Pedalen, der Lenkstange und dem Sattel tropfte der Schlamm.

„Glaubst du mir jetzt, dass dieses Moor … wie lebendig ist?“, fragte Jup wütend.

Vicky schwieg. Sie starrte nur stumm auf ihr verdrecktes Rad und hob es mit spitzen Fingern auf.

„Kommt, gehen wir weiter. Hoffentlich erreichen wir endlich dieses Kaltenbach.“

Schweigend setzten sie den Weg fort, noch vorsichtiger und frierend. Alle drei zitterten am ganzen Körper. Der aufsteigende Nebel schien ihre Klamotten völlig zu durchnässen, so wie ein Regenguss.

„He, dort … wir haben es geschafft!“ Nick zeigte aufgeregt nach vorn. Dort waren mehrere gelbliche Lichter zu erkennen. Es musste sich um Häuser handeln. Sie hatten endlich eine Ortschaft erreicht.

Ein hoher, schauriger Schrei gellte durch die Nacht. Er schien kein Ende zu nehmen und wurde immer lauter.

„Da kommt etwas auf uns zu“, flüsterte Jup und machte einen Schritt zur Seite.

„Sei bloß vorsichtig!“, warnte Vicky.

Im Schein der Taschenlampe sahen sie eine rote Katze mit mächtigen Sprüngen an ihnen vorbeihetzen. Ihr Schwanz war buschig, das Fell gesträubt, und sie rannte, als wäre der Teufel hinter ihr her.

Ängstlich starrten die drei vom Grusel-Club in die Richtung, aus der das Tier gekommen war. Sie warteten mit angehaltenem Atem, doch kein Verfolger tauchte auf.

„Das ist ja merkwürdig“, hörte Vicky Jup murmeln, der nachdenklich auf das verschlafene Städtchen blickte. „Die Wolken über den Häusern hängen viel tiefer als über dem Moor.“

SCHRITTE IN DER DUNKELHEIT

„Das ist doch nur Einbildung, oder?“, sagte Nick.

Vicky nestelte an ihrer Brille herum. „Weiß nicht.“

„Ganz egal, wir müssen auf jeden Fall in dieses Kaltenbach und nach dem Weg fragen. Vielleicht gibt es einen Bus zurück nach Dunkelstein!“, entschied Jupiter.

Je näher sie dem Städtchen kamen, desto schlechter wurde der Weg. Das harte Moorgras reichte den drei Freunden bis zur Hüfte. An mehreren Stellen schien sich das Moor mit viel Druck durch den Schotter nach oben gebohrt zu haben und große Pfützen zu bilden.

Die drei sprangen erschrocken zurück, wenn sie in eine solche Pfütze traten. Bald wurde ihnen aber klar, dass sie darin nicht versinken konnten.

Endlich, es war bereits kurz nach halb neun Uhr, hatten sie es geschafft.

Sie erreichten eine Stadtmauer, in die ein mächtiges Tor eingelassen war. Die Torflügel standen weit offen. Links und rechts davon erhoben sich zwei Türme, die oben offen waren.

„Wozu sind die gut? Sind das Aussichtstürme?“, wunderte sich Nick.

Die Freunde traten langsam durch das Tor und schritten durch eine breite Gasse. Die Häuser waren sehr alt und schienen sich in die Gasse hinein zu neigen. Vicky hatte den Eindruck, als könnten sie sich jederzeit auf sie stürzen. Sie schob diese Vorstellung schnell beiseite.

Aus manchen Fenstern fiel fahles Licht, das die Gasse schwach beleuchtete.

„Fällt euch etwas auf?“, fragte Nick leise.

„Ja, keine Straßenlaternen!“, sagte Vicky.

„Nee, ich meine, keine Geräusche. Keine Stimmen, kein Radio, kein Fernseher, nichts!“

Mit angehaltenem Atem standen sie da und versuchten, irgendetwas zu hören.

„Nick hat recht“, sagte Jupiter leise.

Vicky deutete auf die erleuchteten Fenster und meinte: „Aber die Häuser sind bewohnt. Die Leute scheinen daheim zu sein.“

Jup ging näher an eines der dunklen Gebäude heran, die alle aus graubraunen Backsteinen gemauert waren. Er zog sich am Fensterbrett in die Höhe und warf einen Blick in das Zimmer.

„Und? Was hast du gesehen?“, wollte Vicky von ihm wissen, als er sich wieder herunterließ.

Jup zuckte ratlos mit den Schultern. „Ich verstehe das nicht. Schaut es euch selbst an."

Vicky musste Nick die Räuberleiter machen, damit er in das Zimmer sehen konnte. Danach zog auch sie sich am Fensterbrett hoch.

Im flackernden Licht einer Petroleumlampe standen ein gedeckter Tisch und vier Stühle. Geschirr und Besteck waren nicht geordnet, sondern wirkten, als wäre die Mahlzeit gerade beendet worden. Die Stühle waren zurückgeschoben, große Stoffservietten waren darüber geworfen.

Besonders auffällig war der Schmutz im Zimmer. Auf den Möbeln lag eine dicke Staubschicht, in den Ecken hingen Spinnweben, und die Tapeten und Vorhänge waren grau und fleckig.

„Von Aufräumen scheinen die Leute hier wenig zu halten", meinte Vicky.

„Das Haus ist fluchtartig verlassen worden", vermutete Nick.

Jupiter schüttelte den Kopf. „Glaube ich nicht. Auf dem Boden sind deutliche Fußspuren im Staub zu erkennen. Es ist jemand da."

„Sollen wir klingeln?", fragte Vicky.

„Müssen wir wohl!", antwortete Jup. Etwas zögernd trat er vor die grün-weiß gestrichene Haustür, die auch schon bessere Zeiten erlebt hatte. Die Farbe war verwittert und matt.

„Ich kann keinen Klingelknopf finden!", stellte er überrascht fest.

„Zieh an dem Griff", riet ihm Vicky.

Jupiter entdeckte eine dicke Metallstange, die von oben aus der Mauer kam und einen runden Griff am Ende hatte. Als er daran zog, hörte er im Haus Glocken bimmeln.

Die drei vom Grusel-Club warteten, aber niemand öffnete ihnen.

Tap-tap-tap.

Erschrocken drehten sie sich um und starrten die Gasse hinunter.

Tap-tap-tap.

Da waren Schritte. Sie kamen auf sie zu. Aber es war niemand zu sehen.

Tap.

Der Unbekannte war stehen geblieben. Sie hörten, wie eine Tür geöffnet wurde.

„Ha… hallo!“, brachte Vicky heraus.

Ein Knirschen zeigte an, dass der Unbekannte sich gedreht hatte. Seine Schuhe klapperten über das altmodische Katzenkopfpflaster und kamen langsam auf die drei zu.

Die Dunkelheit öffnete sich wie ein Vorhang, der zur Seite geschoben wurde, und ein junger Mann in Cordhosen und Lederjacke tauchte vor ihnen auf. Sein Gesicht war von Sommersprossen übersät, sein Haar rotblond und völlig zerzaust. In seinem Gesicht wucherte ein struppiger Bart.

Der Mann musterte die drei mit zusammengekniffenen Augen. Mehrere Male setzte er an, etwas zu sagen, schien aber kein Wort herauszubringen.

„Ich habe euch hier noch nie gesehen. Wer seid ihr?“, fragte er schließlich.

Jupiter stellte sich und seine Freunde vor und erklärte, was ihnen geschehen war. „Wir müssten dringend telefonieren und unsere Eltern anrufen. Sie sorgen sich bestimmt schon.“

Der Mann gab ihnen ein Zeichen und führte sie weiter zur Mitte des Städtchens.

Vicky wollte gern wissen, wohin sie gingen, aber traute sich nicht zu fragen.

„Komisch“, hörte sie Jup murmeln.

„Was ist komisch?“, fragte sie.

„Vorhin … in dem Zimmer … da scheinen Leute gegessen zu haben … aber etwas war seltsam!“, sagte Jupiter leise. „Das Geschirr war völlig sauber, als wäre es gar nicht benutzt worden.“

DREI TAGE WARTEN

Schließlich erreichten sie den Marktplatz von Kaltenbach, wo sich ein Rathaus, einige Läden und ein steinerner Brunnen befanden. Die Brunnenfigur hatte die Form einer Laterne, in der ein kleines Feuer flackerte.

Der Mann brachte sie zu einem dreistöckigen Gebäude mit einem wuchtigen Dach aus Holz und Stroh. Die Fenster im Erdgeschoss waren grün und gelb getönt und schienen aus lauter runden Scheiben zusammengesetzt zu sein, durch die man aber nicht in das Innere sehen konnte.

Über dem Eingang baumelte ein schwarzes, hölzernes Wildschwein. Es handelte sich um einen Eber mit langen gebogenen Reißzähnen.

„Das ist ein Gasthaus", stellte Vicky fest.

Der Mann nickte und warf sich gegen die verzogene und verbogene Tür, die schief in den Angeln hing und sich nur mit Anstrengung öffnen ließ. Die drei vom Grusel-Club lehnten ihre

Fahrräder gegen die Wand und betraten hinter dem Mann das Gasthaus.

In der von Petroleumlampen und Kerzenlicht beleuchteten Gaststube war es totenstill. Auf den Tischen standen da und dort Gläser und eine Flasche, aber es war kein Mensch zu sehen.

„Was sollen wir hier?", wollte Jup wissen.

Der Mann bedeutete ihnen, Platz zu nehmen.

Zögernd ließen sie sich auf eine Holzbank sinken.

„Äh … Verzeihung … aber wir haben keinen Hunger. Wir … wir wollen nur telefonieren", erinnerte Vicky.

„Es gibt hier nur ein Telefon, und das ist schwer zu erreichen", erklärte der Mann. Er wirkte bedrückt, und seine Augen waren trüb. „Gebt mir die Nummer, ich werde das für euch erledigen. Ihr wartet hier so lange. Der Weg zu dem Haus, in dem sich das Telefon befindet, ist für euch zu gefährlich."

Ratlos sahen sich Vicky, Jup und Nick an. Sollten sie wirklich alleine hier bleiben?

„Wird es lange dauern? Und wie kommen wir von hier nach Dunkelstein?", erkundigte sich Jup.

„Nach Dunkelstein? Selbst bei Tag ist es sehr gefährlich, mit dem Fahrrad den Weg durch das Moor zu fahren. Ihr solltet den Bus nehmen!"

„Und wann kommt der?", fragte Nick.

„In drei Tagen!", lautete die Antwort.

„In drei Tagen?", sagte Vicky laut. „So lange

können wir nicht warten! Bestimmt holen uns unsere Eltern ab. Sagen Sie ihnen, wo wir zu finden sind, dann stehen sie eine Stunde später vor der Tür."

Der bärtige Mann schüttelte langsam den Kopf. „Das glaube ich nicht. Ganz und gar nicht. Habt ihr nichts von dem Unglück gehört?"

Die drei Freunde spürten, wie ihnen die Gänsehaut über die Arme und den Rücken kroch.

„Unglück? Welches Unglück?"

„Ein Straßenstück ist im Moor versunken. Deshalb kommt auch der Bus erst in drei Tagen. Kaltenbach ist von der Außenwelt abgeschnitten!" Der Mann redete langsam, und bei jedem seiner Worte wurde den drei Freunden kälter.

„Aber wir haben es doch auch hierher geschafft!" Jup war aufgesprungen und auf den Mann zugegangen. „Was ist mit dieser Straße?"

„Macht euch keine Hoffnungen. Ihr werdet wohl drei Tage hierbleiben müssen", antwortete der Mann und schien nichts Besonderes dabei zu finden. „Keine Sorge, falls ihr nicht genug Geld habt. Ich mache das schon."

Vicky konnte auch nicht mehr sitzen. Sie trat vor den Mann und fragte: „Könnte es sein, dass Sie uns verkohlen?"

Wieder drehte der Mann den Kopf ganz langsam hin und her.

„Wer sind Sie überhaupt?"

„Ihr könnt Sören zu mir sagen. Aber jetzt gebt

mir bitte die Telefonnummer, damit ich eure Eltern verständigen kann." Er reichte Vicky einen Zettel und einen Füller. Nach kurzem Zögern schrieb sie eine Nummer darauf.

Sören verabschiedete sich und versprach, noch einmal vorbeizusehen.

„Halt!", rief ihm Jup nach. „Wo sollen wir schlafen? Und bekommen wir auch etwas zu essen? Wo sind eigentlich alle Leute?"

„Kommen bald!", versprach ihm Sören. „Nur ein wenig Geduld." Er hob die Hand und winkte noch einmal, bevor er in der Dunkelheit verschwand.

Wieder setzten sich die drei auf die Holzbank und seufzten.

„Ich gebe es zu: Ich fühle mich hier ganz und gar nicht wohl!", gestand Vicky.

Den Jungen erging es nicht besser.

Nick schluckte heftig. „Und wenn … wenn das so eine Geisterstadt ist, wo die Bewohner alle nur um Mitternacht erscheinen?"

„Quatsch", brummte Jupiter, klang dabei aber nicht sehr überzeugend.

„Mir ist noch etwas aufgefallen, was in diesem Kaltenbach höchst seltsam ist", meldete Vicky. „Es scheint gar kein elektrisches Licht zu geben."

ES WIRD NOCH MERKWÜRDIGER

„Ich möchte weg von hier!“, meldete Nick.

„Super, und wohin? Ins Moor?“ Jupiter tippte sich an die Stirn.

Die drei lehnten sich gegen die Tischplatte und starrten vor sich hin. Die Stille des Hauses war beängstigend.

„Hier ist kein Mensch!“, hauchte Nick.

„Aber die Gläser!“ Jupiter deutete zu den Tischen. Er stand auf und entdeckte einen Teller mit einer Scheibe Brot, die weich und frisch war.

„Sollen wir das Haus durchsuchen? Vielleicht finden wir etwas, was uns weiterhilft“, schlug er vor.

Vicky winkte ab. „Lieber nicht. Mir tun die Füße weh. Wir warten, bis Sören zurückkommt. Er weiß bestimmt mehr, rückt aber einfach nicht raus damit.“

Die Minuten vergingen. Weil ihnen nichts

Besseres einfiel, streckten sich die drei auf den Holzbänken aus und starrten zur Decke.

Schnell waren sie eingeschlafen.

Das dröhnende Läuten von Turmglocken und das helle Schlagen einer Wanduhr rissen Vicky, Nick und Jupiter aus dem Schlaf. Sie richteten sich verwirrt auf und rieben sich die Augen.

„Das ... das gibt es doch nicht!“, staunte Nick.

Die Gaststube war voll. An fast allen Tischen saßen Männer. Sie trugen Trachtenjacken und Knickerbocker-Hosen aus Leder. Einige waren etwas feiner angezogen, mit altmodischen Anzügen, wie sie sonst nur noch in Filmen zu sehen waren.

Eine dicke Frau mit Dreifachkinn schleppte riesige Bierkrüge vom Ausschank zu den Gästen. Ihr Haar war unter einer spitzenbesetzten Haube versteckt, der Rock reichte bis zum Boden.

Hinter der Theke stand der Wirt, ein rotgesichtiger Mann mit Knollennase, der unermüdlich Getränke ausschenkte.

„Rosa, wo bleibt meine Bestellung?“, schrie ein Mann von ganz hinten.

„Ich habe nur zwei Hände!“, bellte die Frau zurück.

„Wo ... wo kommen die denn plötzlich alle her?“, fragte Vicky leise.

Jup zuckte ratlos mit den Schultern.

Die Tür wurde aufgestemmt. Sören trat ein und kam auf die Kinder zu. „Alles erledigt“, meldete er. „Eure Eltern lassen euch herzlich grüßen.

Ich habe versprochen, gut auf euch aufzupassen. Sie wissen selbst aus den Nachrichten, dass vor übermorgen keine Chance besteht, von hier wegzukommen."

„Kannst du uns verraten, was hier gespielt wird?", verlangte Vicky. Sie warf ihre Haare energisch über die Schulter und starrte ihn durch die Brille streng an. Erwachsene, die etwas verheimlichen wollten, brachte sie auf diese Art schnell ins Stottern.

„Na ja, die Leute hier sind alle etwas schrullig", gab Sören zu. „Sie … sie tun so, als würden sie in einer anderen Zeit leben. Vor zweihundert Jahren. Es macht ihnen Spaß. Und außerdem lockt es viele Touristen an."

Jupiter runzelte verwundert die Stirn. „Ich habe wirklich alles Mögliche über Dunkelstein und Umgebung gelesen. Von einem Ort namens Kaltenbach, in dem alle wie in der Vergangenheit leben, stand aber nirgendwo etwas."

Sören überging den Einwurf. „Hunger?", fragte er die drei.

„Schon ein bisschen!", gab Jupiter zu, und Nick und Vicky nickten.

Sören setzte sich zu ihnen an den Tisch. „Oh nein, jetzt habe ich draußen meine zweite Tasche vergessen. Könntet ihr sie mir bitte holen?"

Nick stand auf und wollte gehen.

„Nein, ihr alle drei. Die Tasche ist sehr schwer!", meinte Sören.

Die drei vom Grusel-Club hoben überrascht die Augenbrauen.

„Was hast du denn in der Tasche drin? Ein gebratenes Wildschwein?“, fragte Jup.

Sören grinste verlegen. „So was Ähnliches.“

Die drei taten ihm den Gefallen und gingen vor die Tür. Tatsächlich stand dort eine Tasche, die aber jeder von ihnen spielend allein hätte tragen können. Als sie in die Gaststube zurückkehrten, war ihr Tisch gedeckt. Es gab Wurst, Käse, Brot, Paprika, Cola und Aufstriche. Da ihnen der Magen knurrte, machten sich Nick, Vicky und Jup sofort darüber her. Die Tasche, die gar nicht so schwer war, hatten sie schon wieder vergessen.

„Ich zeige euch jetzt euer Zimmer!“, sagte Sören, als sie fertig waren. Er deutete auf den Mann hinter der Theke und die dicke Frau. „Das sind übrigens die Wirtsleute. Sehr eifrige, aber nicht gerade gesprächige Menschen. Nehmt es nicht persönlich.“

Er nahm eine Petroleumlampe und führte sie eine steile Holztreppe nach oben. Dort erstreckte sich ein langer Flur, von dem mehrere Türen wegführten. Sören öffnete die erste und leuchtete in eine enge Kammer mit zwei uralten Holzbetten, auf denen sich dicke, hohe Decken türmten.

„Zwei können hier schlafen und einer nebenan“, erklärte er.

„Gibt es kein Dreierzimmer? Das wäre uns lieber“, gestand Jupiter.

„Dann muss eben einer auf dem Boden schlafen“, meinte Sören. „Ihr könnt euch gerne das Bettzeug von nebenan holen.“

„Wird hier nicht geheizt?“, fragte Vicky fröstelnd.

„Ich werde mit den Wirtsleuten sprechen, dass sie ein bisschen einheizen sollen“, versprach Sören. „Bis morgen! Ich komme zum Frühstück.“

Nachdem er gegangen war, organisierte sich Jupiter erst einmal eine Matratze, Decke und Kopfkissen aus dem Nebenzimmer. Dann zogen sich die drei in ihre Kammer zurück und schlossen die Tür.

Nick fiel etwas ein. „Vorhin, als wir wieder aufgewacht sind, da haben doch Uhren geschlagen, nicht wahr?“

Die anderen nickten.

„Dabei hätten die gar nicht schlagen dürfen!“, erklärte Nick. „Es war fünf nach halb zehn!“

GEH NICHT WEG!

Vicky, Nick und Jup hockten auf dem riesigen und hohen Bett und hatten die Knie angezogen. Ihnen war kalt und äußerst unbehaglich. Aber was konnten sie tun? Sie saßen in diesem Kuhdorf voller Spinner am Ende der Welt fest.

„Ich habe in meiner Satteltasche ein Notfall-Kit. Da ist auch eine Zahnbürste drin“, fiel Jup ein. „Soll ich sie holen?“

„Ja, und bring bitte auch meine Tasche mit“, bat ihn Vicky.

Jupiter trat auf den Gang hinaus, der von zwei an der Decke hängenden Petroleumlampen erhellt wurde. Er lief die Treppe hinunter und zur Tür. Dort blieb er stehen und blickte überrascht in die Gaststube.

Sie war leer. Die Gäste waren alle gegangen.

„Hier kommt man aus dem Wundern nicht heraus“, sagte er leise und schlüpfte ins Freie. Nachdem er alles genommen hatte, was er auf den

Gepäckträgern der Räder fand, kehrte er zähneklappernd in das Gasthaus zurück. Er wollte schon nach oben, als er aus einem Raum hinter dem Ausschank die Stimme der Wirtin hörte.

„Nein, August, bitte, wir gehen nicht. Bitte, lass uns hierbleiben! Ich flehe dich an!"

„Rosa, wir ... müssen. Das weißt du genau."

„Und wenn du der Nächste bist? Was tu ich dann?", schrie die Frau.

„Ich werde es nicht sein." Der Wirt seufzte tief. „Und jetzt müssen wir los."

Die Wirtin schluchzte und schnupfte lautstark durch die Nase. Sie schneuzte sich in die Schürze und nahm dann etwas vom Regal. Es war eine Stalllaterne, in der eine Kerze stand. Sie reichte sie ihrem Mann und nahm sich eine zweite.

Damit sie nicht bemerkten, dass Jup gelauscht hatte, trat er schnellstens den Rückzug an. Er lief nach oben und berichtete den anderen knapp, was er gerade beobachtet hatte.

„Was hat das zu bedeuten?", fragte Vicky.

„Das müssen wir herausfinden. Wir schleichen ihnen nach", schlug Jup vor. Die anderen waren einverstanden.

Als sie unten ankamen, waren der Wirt und seine Frau schon gegangen. Sie liefen auf die Straße hinaus und blieben im Türbogen stehen.

Aus allen Häusern kamen Leute. Jeder trug eine Laterne in der Hand, in denen aber keine Kerzen brannten. Stumm zogen sie in die Richtung, aus der der Grusel-Club nach Kaltenbach gekommen war.

„Wo gehen die nur hin?“, wunderte sich Vicky.

So unauffällig wie möglich schlossen sie sich dem stillen Zug an. Sie liefen dicht an den Hauswänden, um nicht allzu sehr aufzufallen, aber es schien sich ohnehin keiner um sie zu kümmern.

„Die gehen ja zum Moor!“, stellte Vicky überrascht fest.

Tatsächlich bogen die Bewohner von Kaltenbach am Ortseingang nach rechts ab und marschierten in das Moor hinaus. Der Boden schien sie zu tragen, kein Einziger versank.

Die drei vom Grusel-Club gingen hinter hohen Moorgrasbüscheln in Deckung. Sie wagten es nicht, den sicheren Weg zu verlassen.

„Was tun die da?“, flüsterte Vicky aufgeregt.

Die Leute bewegten sich, als hätten sie alles einstudiert und oft geprobt. Sie stellten sich in einem großen Kreis auf und blickten zum Nachthimmel.

Als Nick, Vicky und Jup ihren Blicken folgten, erwartete sie die nächste Überraschung. Die dunklen Wolken schienen sich alle über Kaltenbach zusammengeballt zu haben. Rundherum war der Himmel klar, die Sterne funkelten, und der Mond beleuchtete mit seinem fahlen Licht das unheimliche Spektakel.

In den Wolken aber kochte und brodelte es. Starkes Licht schien im Inneren zu leuchten, das die Rundungen und Umrisse bleigrau schimmern ließ.

Jupiters Augen verengten sich zu schmalen Schlitzen. Bildete er sich das ein, oder erkannte er in der Wolke tatsächlich ein altes, faltiges Gesicht, das auf die Leute herunterstarrte?

DER GRAUE NEBEL KOMMT

Stumm standen die Bewohner von Kaltenbach da und starrten zu der dunklen Wolke hinauf, in der es zu kochen schien.

Wie auf ein lautloses Kommando hoben sie dann alle gleichzeitig ihre Laternen hoch und hielten sie über den Kopf.

Sekunden vergingen, aber nichts geschah.

Vicky wickelte unruhig Haarsträhnen um ihren Finger. Nick kaute an den Fingernägeln, und Jupiter wischte sich ständig über das Gesicht.

Von ganz allein flammte die Kerze in einer Laterne auf. Sofort drehten sich alle Leute hin, und ein Raunen ging durch die Menge.

„Das ist die Laterne des Wirts!", keuchte Vicky aufgeregt.

Die Wirtin umklammerte den Arm ihres Mannes. „Nein, August, bitte nicht. Nicht! Nein!"

Doch der Wirt schien sie gar nicht zu hören. Sie

hängte sich mit ihrem ganzen Gewicht an ihn und versuchte ihn zu halten, doch er riss sich los, als wäre sie aus Papier. Wie ferngesteuert bewegte er sich langsam in die Mitte des Kreises.

Schritt für Schritt.

Verfolgt von den Blicken der anderen, die wieder völlig still geworden waren.

„Er … ist vielleicht ein Roboter … vielleicht sind alle hier Roboter!", flüsterte Nick.

„Pssst!", zischten Vicky und Jup. In der unheimlichen Stille des Moores hatte Nicks Flüstern fast wie ein Schrei geklungen. Ein Mann aus dem Kreis hatte ihn gehört und starrte in die Richtung des Grusel-Clubs. Erschrocken gingen die drei wieder hinter den hohen Moorgrasbüscheln in Deckung.

„Kommt er?", hauchte Vicky. Ihr Herz pochte so schnell und laut, dass es in ihren Ohren dröhnte.

„Ja", meldete Jupiter entsetzt.

Der Mann hatte sich umgedreht und kam genau auf sie zu. Der Mond schien ihm ins Gesicht, in dem Wut zu erkennen war. Wie ein angriffslustiger Stier senkte der Mann den Kopf.

„Wir hauen ab!", entschied Jupiter.

„Ich hänge fest … mein Schuh … im Moor!", krächzte Nick verzweifelt. Vicky kam ihm sofort zu Hilfe, zerrte mit beiden Händen an seinem Bein, bekam es aber nicht aus dem Schlamm.

Der Mann war nur noch wenige Schritte

entfernt. Unter seiner Jacke hatte er einen Holzprügel hervorgezogen. Beobachter schienen hier unerwünscht zu sein.

In dem Moment begann die Kerze in der Laterne des Wirtes zu flackern, obwohl sie vor jedem Luftzug geschützt war.

Ein erschrockenes Gemurmel ging durch die Menge. Der Wirt stammelte: „Nein, nicht, bitte nicht!“

Die Frau, die neben dem wütenden Mann im Kreis stand, drehte sich zu ihm und rief leise: „Erasmus, komm zurück!“

Der Mann blieb stehen, warf noch einen grimmigen Blick in die Richtung des Grusel-Clubs und kehrte dann in den Kreis zurück.

Sofort brannte die Kerze in der Laterne des Wirtes wieder ruhiger, und er setzte seinen Gang fort. Genau in der Mitte des Kreises blieb er stehen und hob den Kopf nach oben.

Nick vergaß seinen eingesunkenen Schuh. Genau wie Vicky und Jupiter verfolgte er mit großen Augen, was nun geschah.

Aus der nassen Wiese stiegen dunkelgraue Nebelschwaden auf. Sie sahen aus wie zerfetzte, feuchte Tücher und bewegten sich wie riesige graue Flammen.

Der Wirt schien sie wie ein Magnet anzuziehen. Sie schwebten immer näher und hüllten ihn ein. Die Umrisse seiner Gestalt waren aber auch weiterhin zu erkennen.

Langsam jedoch begannen sie sich zu verändern. Die kräftigen Schultern schienen zu schmelzen.

„Nein!", schrie die Wirtin und schlug die Hände vor das Gesicht. „Bitte nicht!"

Auch Brust und Beine ihres Mannes verformten sich, wurden schmaler und gerieten in wellenförmige Bewegungen, als wäre sein Körper auf einmal flüssig.

Das Grausigste aber war das Gesicht, das sich zu einem schrecklichen Schrei verzerrte. Vicky rang nach Luft und packte Jups Arm. So etwas hatten sie noch nie gesehen.

Die Wirtin jammerte immer lauter und stürzte schließlich los. Sie trat in den grauen Nebel und versuchte, ihren Mann festzuhalten.

Aber sie konnte ihn nicht mehr greifen. Was von seinem Körper noch zu sehen war, glitt ihr durch die Finger, als wäre es Luft.

Die grauen Nebelschwaden begannen, um die seltsam verformte Gestalt des Wirtes zu wirbeln, und trugen sie langsam nach oben, wo sie sich zerteilten und mit den schwarzen Wolken vermischten.

Wie ein Raumschiff schwebte das wallende, brodelnde Wolkengebilde höher und glitt über Kaltenbach hinweg.

Stumm blickten die Menschen ihm hinterher. Noch eine Weile hielten sie die Laternen hoch, dann ließen sie sie ganz langsam sinken und begannen, wieder in den Ort zurückzugehen. Schweigend, mit gesenkten Köpfen und sehr ernsten Gesichtern.

Nur die Wirtin schluchzte leise.

Die drei vom Grusel-Club machten sich in ihrem Versteck so klein wie möglich. Doch keiner der Leute schien sich noch für sie zu interessieren. Nicht einmal der Mann, der eben noch auf sie losgegangen war, warf ihnen einen Blick zu. Er hatte den Arm um die Schulter seiner Frau gelegt und starrte nur auf den Boden vor sich.

„Was geht hier vor?“, hauchte Vicky.

„Die Wolken ... der Nebel ... das muss eine Art ... Geist sein ... der die Menschen von hier wegholt!“, sagte Nick mit heiserer Stimme.

Auch Jupiter hatte sehr mit dem zu kämpfen, was er gerade gesehen hatte. „Sie scheinen hierherkommen zu müssen, und wenn die Kerze in der Laterne angeht, dann ist die betreffende Person auserwählt worden.“

„Aber wieso ist der eine Mann auf uns losgegangen?“, wunderte sich Vicky.

Darauf konnte ihr Jupiter auch keine Antwort geben.

Nick kam ein schrecklicher Gedanke. „Meint ihr, dieser graue Nebel könnte auch uns holen?“

Die anderen beiden schwiegen.

„Sagt, dass das nicht sein kann. Bitte, sagt es!“, bettelte Nick.

„Dazu müssten wir mehr über diesen Nebel wissen“, meinte Jup. Er spürte auf einmal, wie sehr er fror, und zog den Reißverschluss seiner Jacke hoch. „Kommt, gehen wir ins Gasthaus zurück."

Wieder waren die Straßen leer und verlassen. Hinter den Fenstern waren alle Lichter erloschen. Da und dort erkannte Jupiter diesmal aber ein Gesicht hinter der Scheibe. Mehrere Augen waren auf sie geheftet und folgten ihnen. Jup spürte ihre Blicke wie Nadelstiche.

Vicky fiel etwas ein. „Sören war nicht zu sehen, oder ist er euch aufgefallen?"

Nick und Jup überlegten und schüttelten dann den Kopf.

„Irgendwie ist er anders als die anderen Leute hier", überlegte Jupiter laut. „Und ich wette, er weiß viel mehr, als er bisher gesagt hat."

„Wir müssen ihn morgen zum Sprechen bringen", sagte Nick energisch.

Vicky verdrehte die Augen. „Mein kleiner Bruder spielt sich auf, als wäre er ein Mafiaboss!"

Nick streckte ihr hinter dem Rücken die Zunge heraus. Manchmal war Vicky eine entsetzliche große Schwester.

Im Gasthaus brannten noch die Kerzen und die Lampen. Jup und Vicky mussten sich gemeinsam gegen die Eingangstür werfen, bis sie endlich aufging. Keuchend stolperten die drei in die Gaststube. Von der Wirtin war nichts zu sehen oder zu hören.

„Dann gehen wir hinauf und ins Bett. Ich bin hundemüde", gähnte Jupiter.

Vicky hielt ihn am Ärmel zurück. „Sagt ... fällt euch hier nichts auf?"

„Na klar, die Wirtin hat nicht abgeräumt", sagte Nick. „Aber das ist verständlich. Schließlich hat sie Kummer."

„Nein, das meine ich nicht. Seht euch doch mal die Gläser an. Sie sind alle noch voll. Niemand hat sie angerührt."

ALLES NUR GETRÄUMT?

„Ich will weg hier, und das schnellstens!", sagte Nick bestimmt.

„Du weißt, dass wir festsitzen. Die Nacht musst du noch überstehen", meinte Jupiter. „Bei Tag können wir dann versuchen, einen Weg zu finden, wie wir von hier fortkommen."

Vicky machte einen Vorschlag. „Ich halte es für besser, wenn einer von uns munter bleibt und Wache hält. Wir wechseln uns jede Stunde ab. Ich mache auch gerne den Anfang."

Die Jungen stimmten zu.

Als es draußen endlich hell wurde, schliefen sie aber alle drei tief und fest. Jupiter war eingenickt, als er an der Reihe war zu wachen. Da sich überhaupt nichts ereignet hatte, waren ihm die Augen zugefallen.

Ein Badezimmer gab es nicht. Nur einen aufklappbaren Tisch mit einem Porzellanbecken und einem Krug mit kaltem Wasser. Waschen und

Zähneputzen fielen deshalb an diesem Morgen sehr kurz und schnell aus.

Als die Freunde nach unten kamen, war bereits der Tisch für sie gedeckt. Es gab frische Brötchen und heißen Tee, dazu Marmelade und sogar Schokoaufstrich.

Die anderen Tische waren alle abgeräumt und sauber gewischt. Die Wirtin stand hinterm Ausschank und polierte Gläser.

„Guten Morgen", grüßten die drei höflich.

Die Wirtin hatte rote Augen, lächelte aber. „Guten Morgen, Kinder. Ich hoffe, ihr habt gut geschlafen."

„Äh … jaja", schwindelte Vicky.

Sören kam zur Tür herein und winkte ihnen zu. „Hallo, Leute. Leider kein gutes Wetter heute. Ich fürchte, ihr müsst euch auf einen längeren Aufenthalt hier vorbereiten."

„Was?", rief Nick und stürzte nach draußen. Leider hatte Sören die Wahrheit gesagt. Es nieselte, und über dem Marktplatz hing dicker, grauer Nebel. Nick fröstelte und schauderte, als er an die Ereignisse der vergangenen Nacht dachte.

Ob der Nebel auf dem Platz auch gefährlich war?

Nachdem sie sich gestärkt hatten, stellte Jupiter die Frage, die sie alle drei am meisten interessierte: „Was ist heute Nacht draußen im Moor geschehen? Wieso ist der Wirt … vom grauen Nebel … aufgelöst und weggetragen worden?"

Die Wirtin unterbrach ihre Arbeit und starrte mit wütendem Gesicht zu Sören. Der stotterte herum und schien verzweifelt nach einer guten Antwort zu suchen.

„Also … der Nebel … wieso … ich meine, was genau habt ihr gesehen?“

Die Wirtin stellte das Glas ab und kam zum Tisch des Grusel-Clubs. „Ihr habt alles nur geträumt!“, sagte sie scharf.

„Nein, haben wir nicht!“, erwiderte Vicky bestimmt.

„Habt ihr doch. Mein Mann ist nämlich hier. Er schläft noch, aber er wird bald aufstehen und sich an die Arbeit machen.“

„Was?“ Die drei Freunde konnten es nicht glauben.

„So wahr ich Rosa Riedmann heiße, ihr habt euch da was eingebildet! Verständlich, weil Kaltenbach auf den ersten Blick ein bisschen unheimlich wirkt. Aber das ist ein Irrtum. Hier ist alles in bester Ordnung.“

„Jaja, wir glauben Ihnen ja schon“, versicherte Jupiter, als er sah, wie sehr sich die Frau aufregte. „Äh … könnten wir später mit Ihrem Mann reden?“

„Aber gerne“, erklärte die Wirtin und lächelte wieder.

„Es wäre wohl am besten, ihr bleibt hier“, meinte Sören. „Draußen ist es wirklich sehr unfreundlich.“

Die drei vom Grusel-Club nickten mit ernstem Gesicht. Sörens Aufforderung war für sie eine

Einladung, sich unbedingt in der Stadt umzusehen. Je länger sie in Kaltenbach waren, desto unheimlicher fanden sie es. Vor allem aber waren sie überzeugt, dass hier keiner die Wahrheit sagte.

Aber warum nicht?

Sie wollten es unbedingt rausfinden.

Nach dem Frühstück verabschiedete sich Sören, und die Wirtin behauptete, sich um ihren Mann kümmern zu müssen. Die drei Freunde holten schnell ihre Jacken aus dem Zimmer und verließen das Gasthaus.

Durch die Gassen schwebten Nebelschwaden, die an feuchte, durchscheinende Gespenster erinnerten. Da und dort hastete eine gebückte Gestalt an ihnen vorbei. Die Leute in Kaltenbach schienen es sehr eilig zu haben, vermieden es aber, den drei Freunden ins Gesicht zu sehen.

„Nie und nimmer haben wir das geträumt!", erklärte Vicky. „Wir haben den grauen Nebel gesehen."

Jupiter gab ihr recht. „Natürlich haben wir das. Und Sören weiß es genau. Wir müssen ihn finden und ihm ein bisschen auf den Zahn fühlen.

Ein klappriges Pferdefuhrwerk ratterte an den dreien vorbei. Sie mussten stehen bleiben und warten, bis die Straße wieder frei war. Als Jupiter sich umsah, bemerkte er Sören, der geduckt in ein Haus ging. Hinter ihm schloss sich ein hohes Tor, das mit einem donnernden Knall zufiel.

„Los, knöpfen wir ihn uns vor!", beschloss Jup.

DER FRIEDHOF

Jupiter lief in die enge Seitengasse und versuchte, das Tor aufzudrücken. Die Klinke ließ sich mühelos bewegen, aber das Tor musste von innen verriegelt sein. Auch als Nick und Vicky ihrem Cousin zu Hilfe kamen, gelang es nicht, das Tor zu öffnen.

Sie trommelten mit den Fäusten dagegen und riefen nach Sören.

„Hört er uns nicht?“ Nick sah Jup und Vicky fragend an.

„Er will uns nicht hören“, brummte Jupiter.

Sie gingen die Straße weiter hinunter und erreichten einen kleinen Platz, der von einer kniehohen Mauer und einem verschnörkelten schmiedeeisernen Gitter umgeben war.

Als Jup nach einem der Metallstäbe griff, zerbröselte dieser zwischen seinen Fingern zu roten Rostspänen. Auch der nächste und der übernächste Gitterstab waren völlig verrostet und zerfielen bei der leichtesten Berührung.

Die drei vom Grusel-Club schüttelten ratlos den Kopf. Was hatte das zu bedeuten? Sie blickten durch das Loch im Zaun und sahen auf Grabsteine, von denen die meisten schief in der Erde steckten. Viele Gruftdeckel waren eingebrochen, und es sah aus, als könnten aus den dunklen Rissen jederzeit Geister steigen.

Besonders unheimlich aber waren die Friedhofsstatuen, die bei einigen Gräbern zu finden waren. Manche waren herabgestürzt und lehnten nun an den Grabsteinen, als müssten sie sich ausruhen. Andere guckten hinter Grabsteinen hervor. Keine einzige schien dort zu stehen, wo ihr Platz gewesen war. Ihre Gesichter sahen verzweifelt aus.

„Sollen wir … uns hier umsehen?", fragte Jupiter die anderen beiden.

„Wenn es sein muss!", brummte Nick.

„Du kannst ja hier warten", schlug ihm Vicky vor.

„Nein danke, dann komme ich lieber mit!"

Sie zwängten sich durch das Loch im Zaun und blieben zögernd stehen. Auf einigen der Gräber standen flackernde Kerzen, auf anderen lagen verwelkte Blumen, die jemand lieblos hingeworfen hatte.

Unter ihren Schuhen knirschte der Kies bei jedem Schritt. Vicky, Jup und Nick blieben ganz dicht beisammen, als sie langsam an den langen Grabsteinreihen entlanggingen.

Innerhalb von Minuten wurde der Nebel rund

um sie dichter. Er schien aus dem Boden zu quellen, als würde ihn jemand mit Druck hochpumpen.

„Wir hauen besser ab“, meinte Nick. „Noch ist der Nebel weiß, aber vielleicht wird er plötzlich grau … so bleigrau wie die Wolke von gestern Nacht.“

„Mach dir nicht in die Hosen“, sagte Vicky großspurig.

Vor ihnen knirschte der Kies.

Die drei blieben stehen und hielten die Luft an.

Es knirschte abermals, und nach einer kleinen Pause noch einmal.

Dort ging jemand. Ganz langsam.

Der Nebel war aber mittlerweile so dicht, dass die drei nicht erkennen konnten, wer es war.

Was jetzt? Sollten sie schleunigst das Weite suchen oder abwarten, wer vor ihnen aus dem Nebel trat?

Vicky sah sich nach einem Fluchtweg um und atmete erschrocken ein.

„Was ist? Erkennst du, wer da kommt?“, flüsterte Jup.

Vicky schüttelte den Kopf. „Nein, viel schlimmer. Viel, viel schlimmer.“ Sie zeigte auf die Inschrift des Grabsteins, der vor ihr stand. „Rosa Riedmann 1782–1849“ und „August Riedmann 1777–1848“ war darauf zu lesen.

„Der Wirt und die Wirtin“, sagte Vicky mit zitternder Stimme. „Sie sind schon lange tot.“

DIE STADT DER GEISTER

„Was habt ihr hier zu suchen?“, kam eine Stimme aus dem Nebel.

„Sören?“, fragte Jup.

Der Rotblonde tauchte aus dem dichten Weiß auf und stapfte drohend auf sie zu. „Es ist euch nicht erlaubt, den Friedhof zu betreten. Verschwindet, auf der Stelle!“

Vicky funkelte den Mann wütend an. „Natürlich sollen wir nicht hierherkommen. Denn hier können wir auf jedem Grabstein lesen, was in Kaltenbach los ist. Die Leute … sind alle schon lange tot!“

Aus Sörens Gesicht wich alle Farbe, als sie das sagte.

„Die Wirtin und der Wirt und bestimmt auch alle anderen sind Geister!“ Vicky schrie fast. „Und du? Bist du auch ein Geist?“

Sören schwieg.

„Sag etwas! Los!“, brüllte Nick, sprang zu ihm, packte ihn an der Jacke und rüttelte ihn.

Sören löste Nicks Hände und schob ihn von sich. „Ich … ich kann euch alles erklären. Aber regt euch ab.“

Jupiter stand da, die Fäuste tief in die Taschen seiner Jacke gebohrt. Er hatte Mühe, ruhig zu bleiben. Die Vorstellung, nur von Geistern umgeben zu sein, jagte ihm eiskalte Schauer über den Rücken.

„Also, was wird hier gespielt? Was hat dieser graue Nebel zu bedeuten?“, wollte er erfahren.

Sören ging schwerfällig zum Ausgang, einem hohen Gittertor, das einen Spaltbreit offen stand. „Kommt mit, aber bitte macht kein Theater. Das wäre … sehr schlecht“, warnte er die drei.

Sie folgten ihm und sahen sich dabei die ganze Zeit ängstlich um. Im Augenblick schienen die Gassen wieder menschenleer zu sein. Oder sollte man besser sagen „geisterleer“?

Sören führte sie zu einem Haus, das von außen wie alle anderen aussah. Er öffnete die Tür und machte eine einladende Handbewegung.

Der Flur war kalt und leer, und die Treppe ins Obergeschoss lag zertrümmert auf dem Boden. In der Decke gähnte ein großes Loch.

„Hier entlang!“ Sören öffnete eine Zimmertür zu einem Raum, aus dem ihnen angenehme Wärme entgegenschlug. Eingerichtet war das Zimmer mit Campingmöbeln, und geheizt wurde es von einem offenen Kamin, in dem ein kleines Feuer flackerte.

„Ich bin leider nicht für Gäste eingerichtet“, gestand Sören. „Nehmt Platz, wo immer ihr könnt.“

Jeder der drei suchte sich eine Sitzgelegenheit. Vicky kauerte auf einem abgewetzten Klappbett, Nick nahm auf einem durchgesessenen Klappstuhl Platz, und Jupiter hockte auf einer umgedrehten Kiste. Gespannt blickten sie Sören an und warteten, was er zu erzählen hatte.

„Ich konnte es euch nicht sagen. Ihr hättet sonst den Schock eures Lebens bekommen“, begann er.

„Bist du auch ein Geist?“, wollte Vicky wissen.

Sören blieb ihr auch diesmal die Antwort schuldig. „Die Bewohner von Kaltenbach sind freundliche Leute. Nur eben … schon seit fast zweihundert Jahren tot.“

„Wieso bevölkern sie die Stadt noch immer?“, fragte Jup.

„Ich weiß es nicht“, gestand Sören.

Vicky ließ ihren Blick durch das Zimmer schweifen und entdeckte ein zusammengefaltetes Zelt in einer Ecke. Daneben lagen die Zeltstangen und Heringe.

„Wozu brauchst du das? Machst du manchmal Camping?“, fragte sie.

Sören grinste verlegen. „Äh, ja, mein Hobby.“

Jupiter konnte nicht einfach stillsitzen. Er sprang auf und sagte: „Der Ort ist eine Sensation! Mein Vater ist Forscher für paranormale Phänomene. Er würde bestimmt gerne mehr über Kaltenbach und sein Geheimnis rausfinden.“

„Da kommt er zu spät!“, sagte Sören schnell. „Hier forsche ich schon, und ich teile nicht.“

„Wir möchten unbedingt mit unseren Eltern telefonieren!“, meldete sich Nick.

„Das ist leider zurzeit nicht möglich. Die Verbindung ist unterbrochen“, meinte Sören bedauernd. „Am besten, ihr geht wieder in den Gasthof und macht es euch dort gemütlich.“

Vicky ließ nicht locker: „Ich will endlich wissen, ob du auch ein Geist bist!“

„Ihr braucht keine Angst zu haben. Die Bewohner von Kaltenbach sind alle freundlich und nett. Auch wenn sie … na ja, ihr wisst schon.“

„Du verheimlichst uns etwas“, beharrte Jupiter. „Es gibt bestimmt noch mehr über diesen Ort zu erfahren.“

Aus dem Nebenraum kam ein tiefes Knurren.

Nick horchte auf. „Was war das?“

„Was?“, fragte Sören.

„Dieses … Knurren!“, erklärte Nick.

„Keine Ahnung. Wahrscheinlich irgendein Balken. In diesen alten Buden kracht und knarrt ständig etwas.“

Überzeugend klang die Erklärung nicht.

„Und wann erfahren wir endlich die Wahrheit über Kaltenbach?“, fragte Jupiter.

Wieder war das Knurren zu hören.

„Später“, vertröstete sie Sören und schob sie aus dem Zimmer.

Als sie wieder in der nebeligen Gasse standen,

schnaubte Jup: „Wir wissen noch immer nicht mehr. Dieser Sören führt uns an der Nase herum.“

„Aber ist er ein Geist oder ein Mensch?“, überlegte Vicky laut.

Nick hielt ihn für einen Menschen, Vicky eher für einen Geist. Jupiter konnte sich nicht entscheiden.

DAS UNTIER

Ein Mann mit großem Hut und in dunklen Lederhosen kam ihnen entgegen. Er hatte die Fäuste in die Hosentaschen vergraben und blickte finster vor sich hin.

Vicky nahm allen Mut zusammen, trat vor ihn hin und sagte: „Verzeihung, würden Sie uns bitte eine Frage beantworten?“

Zu ihrer Überraschung blieb der Mann stehen und machte eine auffordernde Bewegung mit dem Kinn.

„Es geht um diesen schönen Ort. Wir wissen mittlerweile, dass hier alle Leute schon vor langer Zeit verstorben sind.“

Die Augen des Mannes wurden schmal, und seine buschigen Brauen zogen sich zu einem dicken Strich zusammen.

Es kostete Vicky einige Überwindung, die nächste Frage zu stellen. „Warum …?“, brachte sie stockend hervor. „Warum müssen Sie hier spuken? Und was hat dieser graue Nebel zu bedeuten?"

Statt einer Antwort blickte der Mann von ihr zu Jup und Nick. „Eins, zwei, drei", zählte er. Und dann noch einmal: „Eins, zwei, drei!" Er rieb sich die Hände, stieß einen Jubelschrei aus und ging dann einfach weiter. Immer wieder hörte ihn der Grusel-Club rufen: „Es sind drei! Gleich drei auf einmal!"

Ihnen wurde kalt, und daran war nicht der Nebel schuld.

„Was meint der damit?", wollte Nick wissen. „Wieso freut es ihn denn so, dass wir zu dritt sind?" Als er keine Antwort bekam, rief er drängend: „Los, sagt doch etwas!"

„Wir müssen von hier fort! Auf dem schnellsten Weg!", beschloss Jup. „Dazu müssen wir aber telefonieren. Es wäre wahrscheinlich lebensgefährlich, einfach zurück ins Moor zu fahren."

Vicky und Nick gaben ihm recht. Sie hatten auch einen Verdacht, wo sich das Telefon befinden könnte.

„In dem Haus mit der abgeriegelten Tür, in das Sören vorhin gegangen ist!", sagte Vicky. Sie wollten sich sofort auf den Weg machen, als im Haus hinter ihnen eine verzweifelte Stimme ertönte.

„Ich habe nichts verraten", jammerte sie.

Nick erkannte die Stimme sofort. „Das ist doch Sören."

So leise wie möglich öffneten sie das Haustor

und näherten sich auf Zehenspitzen der Tür zu seinem Zimmer. Vorsichtig pressten sie die Ohren gegen das raue Holz.

„Ich habe nichts gesagt … keine Silbe“, hörten sie Sören beteuern.

Ein tiefes, kehliges, rasselndes Knurren war die Antwort.

„Ich weiß, ich entkomme nicht von hier. Ich muss hier dienen, bis ich abgelöst werde“, keuchte Sören.

Darauf ertönte ein zustimmendes Bellen.

Jupiter bückte sich und spähte durch das Schlüsselloch. Ihm blieb der Atem weg. Sören stand zitternd an die Wand gepresst. Vor ihm hockte ein zottiges Wesen mit glühenden Augen und einer Art Hundeschnauze mit hochgezogenen Lefzen.

Vicky und Nick zuckten erschrocken zurück, nachdem sie ebenfalls einen Blick durch das Schlüsselloch geworfen hatten.

Aus dem Zimmer kam nun ein heftiges Schnüffeln. Die riesigen Nasenflügel des Untiers bewegten sich, als es röchelnd und rasselnd die Luft einsog.

Das Biest öffnete das Maul, präsentierte lange, nadeldünne, gebogene Zähne und brüllte, dass die Wände des Hauses erzitterten und der Putz herunterfiel. Mit einem mächtigen Satz war es an der Tür und durchstieß sie mit dem Kopf.

Dabei war weder ein Splittern noch ein Krachen zu vernehmen. Der Monsterschädel glitt durch das Holz, als wäre es aus Butter.

Nick, Vicky und Jup blickten in einen tiefen Rachen, der so rot war, als loderte Feuer darin.

Das Untier brüllte, ohne Luft zu holen.

Einen Augenblick lang waren die drei wie erstarrt. Dann aber ergriffen sie die Flucht. Sie rasten bis zum Ende der Gasse, bogen nach rechts und rannten, rannten, rannten, bis sie den Marktplatz erreicht hatten.

Keuchend lehnten sie sich gegen den Brunnen mit der Riesenlaterne. Obwohl er noch kaum sprechen konnte, stieß Nick hervor:

„Ich … ich weiß jetzt, wieso sich der Mann vorhin so gefreut hat, dass wir drei sind. Weil … weil sie uns an dieses Ungeheuer verfüttern werden."

„Quatsch", brummte Jup. „Das hätten sie längst tun können. Vergiss es."

„Dienen? Sören muss hier dienen", wiederholte Vicky immer wieder. „Aber wem dient er? Was ist seine Aufgabe?"

„Wir müssen telefonieren!", beharrte Jupiter. „So schnell wie möglich."

„Also zurück zum Haus mit dem hohen Tor", sagte Vicky.

Sie mussten ein bisschen suchen, bis sie es wiedergefunden hatten. Aber das Tor war genauso gut verschlossen wie vor einer Stunde.

„Wir müssen hinein, unbedingt!", brummte Jupiter ungeduldig. Er lief vor dem Haus auf und ab und suchte vergeblich nach einem offenen Fenster.

Mit steifen Schritten kam ein Mann die Gasse

herunter. Sein Blick war sehr ernst, die Kleidung altmodisch und grau. Am Bauch baumelte eine dicke Kette.

Der Mann stellte sich vor die Tür und zog an der Kette einen großen Schlüssel aus seiner Tasche. Er steckte ihn in das Schloss und drehte ihn dreimal. Mit beiden Händen griff er nach der Klinke.

„Los, wir schleichen uns hinter ihm ins Haus!“, kommandierte Vicky leise.

DIE WAHRE GESCHICHTE

„Achtung, gleich geht es los!“, flüsterte Vicky.

Obwohl die drei nur wenige Schritte entfernt waren, schien sie der Mann nicht zu bemerken. Er war wohl viel zu sehr in Gedanken versunken.

Als er sich in Bewegung setzte, zischte Vicky: „Los!“

Jup konnte sie und Nick gerade noch an den Jacken zurückhalten.

Der Mann öffnete das Tor nämlich nicht. Er glitt einfach durch, als wäre es gar nicht da.

„Eine Pleite“, seufzte Vicky.

„Handelt es sich hier eigentlich um einen Notfall?“, wollte Nick wissen.

„Das kann man wohl sagen!“, knurrte Jup.

„Dann ist das erlaubt!“ Nick bückte sich, hob einen Stein auf und schleuderte ihn gegen ein Fenster. Die Scheibe zerbrach klirrend, die Splitter fielen in das Zimmer dahinter. Der Weg in das Innere des Gebäudes war frei.

„Gut gemacht, darauf hätten wir gleich kommen können!“, lobte Vicky ihren Bruder.

Nachdem sie alle Splitter entfernt hatten, stiegen sie vorsichtig durch die Öffnung.

Sie standen in einem düsteren Raum und mussten ihre Augen erst einmal an das schwache Licht gewöhnen. Nach und nach erkannten sie große Ölgemälde an den Wänden, einen langen schwarzen Holztisch, der von schweren Stühlen mit hoher, steiler Lehne umgeben war, und ein dickes Buch, das aufgeschlagen an einem Ende des Tisches lag.

Poch-poch-poch.

Die drei horchten auf. Irgendwo im Haus klopfte jemand. Aber es war kein Klopfen auf Holz. Es hörte sich irgendwie anders an.

Poch-poch-poch.

Fragend sahen sie einander an.

Jupiter zuckte ratlos mit den Schultern. „Wir kümmern uns später darum. Zuerst das Telefon!“

Vicky hielt ihn zurück. Sie deutete auf die Wandgemälde und sagte leise: „Die solltest du dir einmal ansehen.“

Das erste Bild zeigte Kaltenbach im Nebel. In den beiden Türmen links und rechts vom Stadttor loderten Leuchtfeuer. Eine beladene Kutsche und mehrere erschöpft aussehende Reiter bewegten sich darauf zu.

„Das waren wohl so eine Art Leuchttürme für Reisende, die im Moor herumirrten“, überlegte Jup laut. Er ging zum nächsten Bild und hob erstaunt die Augenbrauen.

Die geretteten Reisenden wurden nicht beherbergt, sondern von den Bewohnern ausgeraubt. Sie plünderten und stahlen alles.

Auf dem dritten Bild ging es noch schlimmer zu. Die Kaltenbacher hetzten riesige schwarze Hunde auf die bestohlenen Leute.

„Die Hunde sehen fast so aus wie dieses schwarze Höllenmonster von vorhin", stellte Nick fest.

Das vierte Bild war das schrecklichste. Darauf war zu sehen, wie die armen Leute versuchten, sich ins Moor zu retten, und dort jämmerlich versanken.

„Wir sind hier in einer Stadt von Räubern!", sagte Vicky leise.

Nick bedeutete ihr und Jup zu kommen. Es gab noch ein Gemälde, auf dem ein fetter, rotgesichtiger Mann vor Bergen von Schmuck und Münzen saß und darin wühlte. Im Hintergrund stand eine Frau, von Kopf bis Fuß schwarz vom Moorschlamm. Ihr Gesicht war wütend verzerrt, den Zeigefinger hatte sie drohend in die Höhe gestreckt. Sie schien etwas zu sagen.

„Das Gesicht", flüsterte Nick. „Es ist dasselbe wie das in dem grauen Nebel."

Jupiter konnte sich einiges zusammenreimen.

„Die Kaltenbacher scheinen bei ihren Räubereien auch einmal an eine Hexe oder eine Magierin geraten zu sein, und die hat sie verflucht. Deshalb kommen sie nicht zur Ruhe und müssen noch immer hier spuken."

„Aber was hat der graue Nebel zu bedeuten?", wollte Nick wissen.

Vicky hatte sich über das aufgeschlagene Buch geneigt und versuchte, die verschlungene, alte Schrift zu entziffern.

„... nur bei Nebel soll Kaltenbach für Sterbliche zu sehen sein, und wenn ein Reisender kommet und eine ganze Stunde bleibet, sollen die Bewohner sichtbar werden", las sie vor.

„Deshalb haben die Uhren kurz nach halb zehn geschlagen. Wir waren zu dieser Zeit genau eine Stunde in Kaltenbach!", erinnerte sich Jupiter.

Vicky las weiter: „... und bleibet der Reisende die ganze Nacht, so wird der graue Nebel wieder einen Bewohner erlösen und die ewige Ruhe geben."

„Klingt für uns aber nicht ungefährlich. Ich habe keine Lust, in diesen Nebel zu geraten", meinte Nick.

Vicky fand auf den nächsten Seiten des Buches eine lange Liste von Namen. Immer fünf, sechs oder sieben Namen waren mit derselben Handschrift eingetragen, die dann aber wechselte.

„Das sind bestimmt die Namen der Leute, die der graue Nebel schon mitgenommen hat", kombinierte Vicky. „Ich weiß jetzt auch, wieso sich der Mann so gefreut hat, dass wir drei sind. Bestimmt kommt der graue Nebel bald wieder und erlöst noch zwei Bewohner."

Das leuchtete auch den anderen ein.

Wieder ertönte das Klopfen, und irgendwo im Haus flehte eine leise Stimme: „Lasst mich raus! Bitte rauslassen!"

Jup schluckte. „Sie halten hier jemand gefangen."

„Das mag sein, aber vor allem will ich endlich meine Eltern anrufen", sagte Vicky. „Das Telefon zu finden ist jetzt das Wichtigste."

Nick und Jupiter stimmten zu. Sie verließen den Saal und traten in ein pompöses Treppenhaus. Der Boden war von heruntergestürzten Mauerbrocken bedeckt, und auf dem Geländer lag eine finderdicke Staubschicht.

Der Grusel-Club kämpfte sich von Zimmer zu Zimmer. Überall herrschte das Chaos. In einigen Räumen standen aber Männer, die etwas in dicke Bücher eintrugen. Wenn die drei sie ansprachen, bekamen sie keine Antwort.

Der ernste Mann, den sie vor dem Haus beobachtet hatten, saß in einem riesigen Zimmer hinter einem mächtigen Schreibtisch und schrieb ebenfalls. Er benutzte eine große Feder.

„Das scheint der Bürgermeister zu sein", flüsterte Jup den anderen zu.

Vicky nahm allen Mut zusammen und fragte den Mann nach einem Telefon. Der Bürgermeister hob den Kopf und sah sie nur an, als wäre sie gerade vom Mars gefallen.

Nach einer Stunde hatten sie alle Räume

abgesucht und mussten etwas Fürchterliches feststellen: Es gab hier kein Telefon. Die Zeit war in diesem Rathaus vor zweihundert Jahren stehen geblieben.

Aber immer noch hörten sie das Klopfen und Scharren, und die Stimme wurde immer flehender.

„Wir müssen helfen, wer auch immer das ist!“, entschied Jupiter.

EINGEMAUERT

Die Geräusche kamen aus dem Keller, da waren sich die drei vom Grusel-Club schnell sicher. Sie fanden eine schmale Treppe, die nach unten führte, und stiegen langsam in die Dunkelheit hinab.

Nick zog seine Taschenlampe aus dem Rucksack, knipste sie an und beleuchtete die Stufen.

Jupiter deutete auf die Fußspuren im Schmutz. „Wir sind hier nicht die ersten“, stellte er fest. „Hier scheint öfters jemand zu gehen.“

„Wahrscheinlich Sören“, murmelte Vicky.

Sie betraten ein schwarzes Gewölbe, das von einem Wald aus Säulen gestützt wurde. An jeder Säule befand sich eine Halterung, in der die verkohlten Reste von Kienspänen und Fackeln steckten. Sie hatten die Decke mit einer dicken schwarzen Rußschicht überzogen.

An den Spuren auf dem Boden konnte der Grusel-Club erkennen, wohin Sören gegangen war.

„Er hat immer denselben Weg zurückgelegt“, staunte Nick.

Langsam folgten sie dem schmalen Pfad durch Schmutz und Staub. Er führte zur hintersten Ecke des Gewölbes in einen Gang, der blind endete.

„Komisch“, murmelte Jup. „Sören scheint immer bis hierher zu gehen, umzudrehen und den Keller auf demselben Weg wieder zu verlassen.“

Das Blut stockte den dreien in den Adern, als sie das Kratzen und Klopfen hörten.

Es bestand kein Zweifel mehr. Das Geräusch kam von hinter der Mauer.

„Helft mir, bitte!“, flehte eine Stimme, die immer schwächer und schwächer zu werden schien. „Bitte … lasst mich raus. Ich … ich kann nicht mehr.“

„Wer sind Sie?“, wollte Jup wissen.

„Ich bin der Bürgermeister von Kaltenbach. Der echte Bürgermeister!“, erklärte die Stimme.

„Aber … aber es gibt hier doch einen Bürgermeister“, meinte Jup.

„Das ist … ein Betrüger. Er ist an allem schuld. Er hat mich hier … einmauern lassen.“

Die drei vom Grusel-Club erschauerten. „Einmauern?“

„Lebendig einmauern!“

„Sind Sie … heute … auch ein Geist?“, fragte Vicky heiser.

„Nein!“, lautete die überraschende Antwort. „Nein … für mich ist die Zeit stehen geblieben. Ich bin nicht gealtert.“

„Kommt Sören immer wieder hierher?“, wollte Jup wissen.

„Ja, er steckt doch mit denen dort oben unter einer Decke. Er muss ihnen dienen und dafür sorgen, dass Kaltenbach immer aussieht, als wäre es bewohnt.“

Jupiter stieß einen Pfiff aus. Daher also das saubere Geschirr und die Gläser, die nie leer getrunken wurden.

„Was bedeutet das, er muss hier ‚dienen‘?“, wollte Vicky wissen.

Die Stimme hatte auch dafür eine Erklärung. „Damit Kaltenbach nicht verfällt, haben die letzten lebenden Bewohner eine Beschwörung ausgeführt. Sie lautet: Jeder Lebende, der sich in die Stadt verirrt und drei Nächte bleibt, muss hier dienen. Der Vorgänger aber ist frei. Wenn die Stadt bei gutem Wetter wieder unsichtbar wird, muss Sören in einem Zelt wohnen und auf den nächsten Nebel warten. Er darf sich entfernen und Besorgungen machen, doch kommt er nicht wieder, macht sich das Moorbiest auf die Suche nach ihm und holt ihn zurück.“

Den Freunden fiel ein, was dieses Ungeheuer über einen „Nachfolger“ gesagt hatte.

Jupiter kam ein fürchterlicher Gedanke. „Leute, hier gibt es gar kein Telefon. Sören hat gelogen. Er will uns nur hierbehalten, damit wir ihn ablösen.“

Die erste Nacht war bereits vorbei, die zweite nicht mehr sehr weit.

„Lasst mich raus, bitte!“, flehte die Stimme und atmete schwer.

Fragend sahen sich die drei an. Sollten sie, oder sollten sie nicht?

EISIGE KÄLTE

Nick war ein paar Schritte zurückgegangen, weil er dort altes Werkzeug auf dem Boden liegen gesehen hatte. Er leuchtete die Geräte ab und stieß auf einen schweren Hammer und eine Spitzhacke. Beide waren völlig verdreckt, kalt und feucht.

„Da!“ Nick reichte Jupiter den Hammer. „Wir schlagen die Mauer einfach ein. Vicky, geh zurück! Das hier ist Männersache.“

„Angeber!“, knurrte seine große Schwester. „Außerdem will ich noch einmal betonen, dass ich dagegen bin.“

„Du bist aber überstimmt worden, denn Jup und ich sind dafür!“, erklärte Nick grinsend. Er holte aus und ließ die Spitzhacke gegen die Ziegelwand donnern. Die Spitze bohrte sich zwischen zwei Steine, und ein langer Riss zog sich knirschend von oben nach unten.

Jupiter donnerte mit dem Hammer gegen die Mauer, worauf noch mehr Risse entstanden.

Abwechselnd ließen sie die Geräte gegen die Ziegel knallen und kamen dabei ziemlich ins Keuchen.

„Sehr schwach", spottete Vicky. „Mir wird langweilig."

„Dann mach doch du!" Jup drückte ihr den Hammer in die Hand und stellte sich mit verschränkten Armen hinter sie.

Seine Cousine packte den Griff mit beiden Händen, holte weit aus und ließ den Hammer nach vorn sausen. Dabei rutschte er ihr aus den Fingern und knallte mit voller Wucht gegen die Wand, wo er ein kleines Loch hineinschlug. Im nächsten Augenblick stürzten noch viel mehr Ziegelsteine krachend und polternd nach hinten. Eine Staubwolke stieg auf und nebelte den Grusel-Cub ein.

„Seht ihr, so macht man das", hustete Vicky triumphierend.

Im Strahl von Nicks Taschenlampe tanzten die Staubkörner. Erkennen konnten die drei aber sonst nichts.

„Hallo? Hallo, ist Ihnen etwas passiert?", erkundigte sich Jup besorgt.

Ein tiefes, kehliges „Neeeeiiin" war die Antwort. Die Staubwolke wurde zerrissen wie ein Vorhang, und eine graue, schaurig verschrumpelte Gestalt schoss heraus.

Vicky, Jup und Nick waren so entsetzt, dass sie keinen Ton herausbrachten.

Die Gestalt begann schallend zu lachen. „Ihr

dummen, einfältigen Kinder! Zweihundert Jahre habe ich auf diese Chance gewartet."

„Abhauen", raunte Jup den anderen zu, ohne dabei den Mund zu bewegen.

„Ihr bleibt da!", schrie die Gestalt schrill. Sie schwebte auf sie zu und glitt körperlos durch sie hindurch. Alle drei spürten einen kalten Stich wie von einem Eiszapfen.

Die Spukgestalt kam sofort zurück, breitete die weiten Ärmel ihrer Kutte aus, in denen weder Arme noch Hände zu sehen waren, und hüllte Vicky, Nick und Jupiter damit ein. Obwohl das Wesen nur aus Luft bestand, konnte es sie trotzdem drücken und festhalten.

Beißende Kälte fraß sich durch ihre Jacken und kroch in ihre Knochen. Sie hatten das Gefühl zu erstarren.

„Loslassen!", keuchte Jup.

Vicky unternahm einen Fluchtversuch, schaffte es aber nicht, sich aus der Umarmung zu befreien. Entsetzt musste sie mit ansehen, was mit Nicks Gesicht geschah.

Noch wehrte sich der kleine Bruder verzweifelt, aber schon wurden winzige Eiskristalle auf seiner Haut sichtbar. Sie wuchsen und überzogen das ganze Gesicht mit einer Eisschicht. Nicks angsterfüllte Miene erstarrte so wie sein ganzer Körper.

„Nicht ... loslassen!", keuchte Jupiter, den die Kälte auch schon lähmte.

„Kleiner, du hast es mit dem gefährlichsten Räuber aller Zeiten zu tun, der keines seiner Opfer jemals hat entkommen lassen", erklärte die tiefe Stimme aus der Kutte.

Die Kälte überzog nun auch Vicky wie eine dicke Haut. Es wurde schwarz um sie.

Wir sind verloren, war ihr letzter Gedanke.

BÖSES ERWACHEN

Noch immer war alles schwarz.

Tiefschwarz.

Aber nicht mehr so still.

Von Zeit zu Zeit war das Geräusch eines Wassertropfens zu hören, der zu Boden fiel.

Eine Hand glitt tastend über Jupiters Schulter, seinen Hals, die Wange bis zu den Augen.

Autsch! Jup war sich mit dem Finger in ein Auge gefahren, und es brannte.

„Offen … ich habe die Augen offen", hauchte Jupiter. „Und ich kann meine Hand bewegen." Er spannte die Muskeln des anderen Armes und der Beine an und atmete erleichtert auf.

Er konnte sich bewegen.

Aber sein Körper war steif, das Aufrichten tat weh. Seine Gelenke knackten. Jup stöhnte leise.

Immer wieder kniff er die Augen zusammen und riss sie dann weit auf. Trotzdem konnte er nichts erkennen. Es blieb rund um ihn dunkel.

„Vicky? Nick?", fragte er ganz leise in die Finsternis.

„Was ist denn?", kam es rechts von ihm.

„Aua", ächzte Vicky, die sich vor ihm befinden musste.

„Seid ihr okay?", erkundigte sich Jupiter.

Er hörte, wie sich die anderen genauso mühsam wie er aufrichteten.

„Ich sehe nichts", jammerte Nick.

„Ich auch nicht!", meldete Vicky.

„Sind wir blind?", fragte Nick ängstlich.

„Wo ist deine Taschenlampe?", wollte Jup wissen.

Nick begann, den Boden rund um sich abzutasten. Es klapperte, er hantierte ein bisschen, und dann klickte es.

Erleichtert atmeten die drei auf. Sie konnten den Lichtstrahl sehen und waren also nicht blind.

„Aaaaa!", schrie Nick auf. Im Lichtkreis der Lampe war etwas Schauriges aufgetaucht. Vor ihnen kniete ein Skelett, das mit den Händen verzweifelt an der Wand zu scharren schien.

Vicky kam ein fürchterlicher Verdacht.

„Leuchte einmal rundherum", rief sie.

Nick ließ das Licht durch den engen Raum gleiten, in dem sie sich befanden, und begann, am ganzen Körper zu zittern.

„Wir sind ... dort drin ... wo dieses Ungeheuer ... eingemauert war", stellte er mit bebender Stimme fest.

„Und sind jetzt auch eingemauert", fügte Vicky hinzu.

„Nein, nein, das … das gibt es nicht!", stammelten die drei durcheinander und kämpften sich in die Höhe. Sie torkelten auf die Mauer zu, an der das Skelett kniete, und pressten die Hände dagegen.

Die Ziegelsteine fühlten sich wie Eisblöcke an.

„Seht euch das an!" Nick leuchtete auf geheimnisvolle Zeichen, mit denen der ganze Raum versehen war. Jeder einzelne Backstein der Mauer, die sie vorhin zertrümmert hatten, war mit diesen Zeichen bemalt.

Jupiter hatte sie schon einmal in einem Buch seines Vaters gesehen. „Es handelt sich um Zeichen, die es einem Geist unmöglich machen, einfach durch die Mauer zu gehen", erklärte er. „Sie halten ihn gefangen."

„Räuberhauptmann … er hat doch gesagt, er wäre Räuber gewesen. Er war tatsächlich Bürgermeister hier", kombinierte Vicky. „Er war der Kopf der Räuber von Kaltenbach."

Jup setzte ihre Gedanken fort. „Nachdem sie aber von dieser Frau verflucht worden waren, bekamen es die Kaltenbacher anscheinend mit der Angst zu tun. Deshalb haben sie ihren Hauptmann abgesetzt und hier eingemauert. Sie wollten wohl den Fluch von sich abwenden."

Nick fiel auch etwas dazu ein. „Und danach versuchten sie, ehrlich zu werden, und der ernste Mann wurde der neue Bürgermeister."

„Aber es hat alles nichts genützt“, seufzte Jup.

Die drei schüttelten die letzten Reste der Kälte aus ihren Körpern.

„Wie lange haben wir hier einfach so gelegen?“, fragte sich Vicky.

Jup bat Nick, seine Uhr zu beleuchten.

Es war zehn Uhr am Abend. Beim Blick auf die Datumsanzeige durchfuhr Jup ein eisiger Schreck.

VERLOREN

Es war ein Schock für die drei.

Jupiter musste mehrere Male beginnen, bis er endlich einen Satz herausbrachte. „Wir … wir … waren schon zwei Nächte hier in Kaltenbach. Vielleicht … vielleicht ist sogar schon die dritte angebrochen, wenn es nicht zehn Uhr Vormittag, sondern zehn Uhr in der Nacht ist.“

„Und wenn die dritte Nacht zu Ende ist, müssen wir Sören ablösen und hierbleiben und den Geistern dienen!“, ergänzte Vicky.

„Wir müssen hier raus!“, rief Nick. Er sah sich nach einem schweren Gegenstand um, mit dem sie ein Loch in die Mauer schlagen konnten.

„Nichts da …“, stellte er verzweifelt fest.

„Ist doch klar, sonst hätte sich der Räuberhauptmann auch befreit“, sagte Vicky.

„Der Mistkerl hat uns eingemauert, damit wir ihn nicht verraten können“, schimpfte Jupiter.

„Was … was er jetzt wohl tut?“, überlegte Nick.

„Egal, wir müssen auf jeden Fall hier raus!“, keuchte Jupiter.

„Aber wie? Ohne Hammer oder Spitzhacke schaffen wir das nie!“, jammerte Nick.

Jupiter spürte, wie die Wut der Verzweiflung in ihm hochstieg. Er wollte hier nicht bleiben. Unter keinen Umständen. Nein, niemals würde er hier zum Sklaven der Geister werden, bewacht von diesem knurrenden Moorhund.

Er stieß einen Schrei aus, nahm Anlauf, soweit es der beengte Raum zuließ, und warf sich mit aller Kraft gegen die Mauer.

„Aua!“ Mit schmerzverzerrtem Gesicht taumelte er zurück und rieb sich die Schulter. In Filmen sah es immer so einfach aus, wenn Leute eine Tür einrannten. Von Schmerzen war nie die Rede. „Ich … ich bekomme bestimmt den größten blauen Fleck der Welt“, stöhnte Jup.

Nick deutete auf die Mauer und klappte den Mund stumm auf und zu.

„Was hast du?“, fuhr ihn Vicky an.

„Eingedrückt“, brachte Nick endlich heraus.

Tatsächlich hatte Jupiter es geschafft, eine tiefe Delle in die Mauer zu drücken. Die Ziegel hatten sich nach außen verschoben.

Das machte ihm Mut, und er trat mit dem Fuß fest gegen die Rundung, sprang dann aber sofort zurück. Die Steine gerieten ins Rutschen und fielen wie Spielklötze mit viel Krach und einer beißenden Staubwolke auseinander.

Die drei kämpften sich hustend durch das entstandene Loch in das schwarze Gewölbe.

Vicky klopfte ihrem Cousin lobend auf die Schulter. „Nicht schlecht."

„Danke, aber zum Feiern gibt es noch keinen Grund. Wir müssen endlich aus Kaltenbach raus!", sagte Jup.

„Leute, hab ihr euch noch nicht gefragt, wer uns hier eingemauert hat?", meldete sich Nick. Er klang erschrocken.

„Klar, dieser Räuber", brummte Jup.

Nick schüttelte den Kopf. „Geister sind körperlos. Es kann nur Sören gewesen sein."

„Der ist wahnsinnig", vermeldete Vicky. „Er tut wohl alles, nur um endlich von hier fortzukommen."

„Wir dürfen ihm unter keinen Umständen in die Hände laufen!", warnte Jupiter seine Freunde.

Sie hatten alle drei weiche Knie und zitternde Hände, als sie das Rathaus verließen.

Draußen war stockfinstere Nacht. Es blieb ihnen also wirklich kaum noch Zeit. Nick knipste seine Taschenlampe an und leuchtete ihnen den Weg. Die Batterien waren fast leer und der Lichtstrahl nicht mehr sehr hell.

Draußen im Moor kurvte ein Geländewagen über die holprigen Wege. Drinnen saßen Professor Katz – Jups Vater – und Herr und Frau Schwarzbusch, die Eltern von Vicky und Nick. Seit mehr als zwei Tagen waren ihre Kinder nun schon verschwunden, und es fehlte jede Spur von ihnen. Die Eltern und der Professor waren am Ende. Unermüdlich suchten sie das Moor ab, doch ohne Erfolg.

„Aber sie können doch nicht so ... so spurlos verschwinden!“, schluchzte Vickys Mutter.

Professor Katz blickte auf die dunklen Moorwiesen hinaus, wo im Mondlicht dünne Nebelschleier tanzten. Er seufzte leise. Falls die drei im Nebel vom Weg abgekommen waren, so war es durchaus möglich, dass sie, ohne ein Zeichen zu hinterlassen, versunken waren.

Er versuchte, den Gedanken zu verdrängen.

Herr Schwarzbusch bremste und stieg aus. Sie waren an einer Kreuzung angekommen, die sie bisher noch nie gesehen hatten. Dabei hatten sie diese Gegend schon öfter abgesucht.

Professor Katz kletterte ebenfalls aus dem Wagen und sah sich um. Er entdeckte im Licht der Autoscheinwerfer den halb versunkenen steinernen Wegweiser nach Kaltenbach.

„Kaltenbach? Hast du schon einmal von einem Ort dieses Namens gehört?“, fragte er Herrn Schwarzbusch.

Dieser schüttelte den Kopf. Sie holten eine Karte aus dem Handschuhfach und sahen darauf nach, konnten aber auch dort kein Kaltenbach finden.

„Da hinten leuchtet ein Licht im Nebel“, meldete Frau Schwarzbusch aufgeregt. „Seht ihr das nicht?“

Doch, die beiden Männer sahen es. Sie sprangen in den Wagen zurück und fuhren darauf zu.

Sören hatte seine Sachen schon gepackt und in einem großen Rucksack verstaut. Die Campingmöbel wollte er zurücklassen, sie würden den drei Kindern gute Dienste erweisen.

Drei Jahre hatte Sören nun im Moor verbracht. Drei Jahre lang hatte er bei Nebel dafür sorgen müssen, dass Kaltenbach bewohnt aussah.

An klaren Tagen war an der Stelle, wo sich jetzt der Ort erhob, nichts davon zu erkennen. Es gab dort nur Moor und mittendrin einen kleinen Platz, auf dem er sein Zelt aufgeschlagen hatte.

„Nie wieder von diesem widerlichen Vieh verfolgt werden", murmelte er glücklich. „Nie wieder die eiskalten Bisse spüren."

Obwohl das Moorbiest nur ein Geist war, verfügte es über schreckliche Kräfte. Kamen seine Zähne nur in die Nähe eines Menschen, so spürte dieser bereits fürchterliche Schmerzen.

Außerhalb des Nebels war das Moorbiest außerdem unsichtbar. Es hatte Sören ständig verfolgt und jeden Fluchtversuch vereitelt. Er spürte schon die eisigen Zähne an seinen Beinen und Armen, wenn er nur daran dachte.

Aber das war jetzt vorbei. Um Mitternacht war er frei. Für immer.

Er schulterte den Rucksack und trat in den Nebel hinaus, der durch die Gassen kroch.

UM MITTERNACHT IST ALLES VORBEI

Kupferrot loderte das Signalfeuer auf dem rechten Turm neben dem Stadttor. Der Schein war so hell, dass er selbst den dicksten Nebel durchdrang und das Auto mit den Eltern der drei Freunde wie ein Magnet anzog.

Der Wagen hielt vor dem Stadttor, und die Türen wurden geöffnet. Etwas zögernd stiegen die drei Erwachsenen aus und blickten an der grauen Mauer hinauf.

Die Flammen des Feuers auf dem Turm wechselten ständig die Farben. Von Schwefelgelb zu Grellrot, von Grünblau zu Dunkelviolett.

„Kein Rauch“, murmelte Professor Katz.

„Was hast du gesagt?“, wollte Frau Schwarzbusch wissen.

„Kein Rauch. Das Feuer raucht nicht“, wiederholte der Professor. „Für ein Signalfeuer dieser Größe ist das – ich würde einmal sagen – ungewöhnlich.“

„Vielleicht sind die Kinder in dieser Stadt“, schöpfte Frau Schwarzbusch Hoffnung.

Ihr Mann war bereits durch das Tor gegangen. Seine Frau und Jups Vater folgten ihm.

Jup, Vicky und Nick blieben dicht an den Wänden der Häuser. Sie bewegten sich an den rauen Mauern entlang, weil sie Angst hatten, sich sonst im Nebel zu verirren. Das nasse Weiß, das in den Gassen hing, wurde dichter und dichter.

„Vorsicht“, warnte Vicky und zog die Jungen zurück. Im nächsten Augenblick erkannten die beiden den Grund. Ein Mann und eine Frau schwebten durch die Tür eines Hauses. Sie trugen beide eine Laterne und schienen sehr aufgeregt.

„Es sind drei in die Stadt gekommen, und sie halten sich bereits die dritte Nacht hier auf“, hörte der Grusel-Club die Frau sagen. „Der graue Nebel hat schon sechs von uns erlöst, und heute Nacht sind es noch einmal drei. Vielleicht sind wir dabei!“

Lautlos schwebten nun auch andere Bewohner von Kaltenbach aus ihren Häusern. Der Zug der Menschen wurde immer größer. Mit eiligen Schritten bewegten sie sich auf das Stadttor zu.

„Super, wir müssen ihnen nur hinterher“, flüsterte Jupiter. „Sie bringen uns aus Kaltenbach raus.“

Der Angriff traf sie völlig überraschend. Aus dem Nebel kam etwas geflogen und rammte die drei Freunde. Sie verloren das Gleichgewicht und stürzten.

Als er wieder aufspringen wollte, erkannte Jup etwas Schwarzes, das über ihre Köpfe hinwegflog und gegen die morsche Holztür donnerte, dass diese nur so in den Angeln krachte.

Mit ohrenbetäubendem Quietschen, Schaben und Knarren wurde die Tür nach innen gedrückt. Bevor sie sich wehren konnten, wurde zuerst Nick, dann Vicky und zum Schluss Jupiter am Kragen in das Haus geschleift.

„Raus, schnell!", keuchte Vicky.

Etwas Schweres warf sich gegen die Tür, die mit einem Knall, so laut wie ein Kanonenschuss, zufiel.

Entsetzt blickten die drei hoch. Sie spürten, dass jemand in der Dunkelheit über ihnen stand und auf sie hinabblickte.

„Wie spät ist es?", wollte Frau Schwarzbusch wissen.

Professor Katz warf einen Blick auf seine Uhr und hob verwundert die Augenbrauen.

„Seltsam, die Zeit scheint hier schneller zu vergehen. Ich habe schon fast Mitternacht. Also, es ist 23.47 Uhr."

Die Häuser waren alle dunkel, hinter keinem Fenster brannte Licht. Doch das Signalfeuer des Turmes beleuchtete die Straße gut, durch die vor drei Tagen auch der Grusel-Club den Ort betreten hatte.

„Dort kommt jemand, den können wir fragen!", rief Herr Schwarzbusch aufgeregt.

Jups Vater war stehen geblieben und kratzte sich nachdenklich über den Stoppelbart an seinem Kinn.

Durch die Straße wälzte sich der Nebel auf sie zu wie ein weißer Lavastrom, ein Gletscher oder Wassermassen, die sich in Zeitlupe bewegten. Aus diesem Nebel traten nun einige Gestalten.

Als hätte jemand einen Schalter umgelegt, erlosch das Licht in der Straße. Erschrocken drehten sich der Professor und die Schwarzbuschs um.

VIELE FALLEN

Das Feuer auf dem Turm hatte sich in eine graue Kuttengestalt verwandelt, die ein schwaches, pulsierendes Licht von sich gab. Unter der Kapuze glühten rote Augen. Die Gestalt trat an den Rand des Turmes, und für einen Augenblick sah es aus, als wollte sie springen.

Schwerelos schwebte sie herab, streckte die leeren Kuttenärmel aus und flog auf den offenen Wagen zu.

„Was machen Sie da? Raus aus dem Wagen!“, rief Herr Schwarzbusch.

„Nicht, lass sie!“, warnte ihn Professor Katz, doch es war zu spät. Herr Schwarzbusch rannte zum Wagen zurück und versuchte, die graue Kuttengestalt herauszuziehen. Mit bestialischem Gebrüll drehte sich diese um.

„Aaaaa!“

Herr Schwarzbusch stolperte nach hinten. Die Kuttengestalt stürzte sich auf ihn und schickte einen eisigen Stoß durch seinen Körper. Die Kälte ließ ihn nach Luft ringen.

Schon griff die Kuttengestalt ein zweites und ein drittes Mal an, drängte ihn von der Straße weg und jagte ihn ins Moor hinaus.

Zu spät bemerkte Herr Schwarzbusch, wie der Boden unter seinen Füßen auf einmal völlig weich war. Er hatte das Gefühl, von Händen an den Knöcheln gepackt und in die Tiefe des Moores gezogen zu werden.

Professor Katz und seine Frau wollten ihm zu Hilfe kommen, steckten jedoch gleich darauf ebenfalls bis zu den Knien im Schlamm.

Der graue Kuttengeist schien sich vor Lachen zu biegen. Er verschränkte die körperlosen Arme vor der Brust und beobachtete mit grässlichem Grinsen, wie die drei verzweifelt gegen das Versinken ankämpften.

Nick schaffte es, den gelblichen Lichtstrahl der Taschenlampe nach oben zu richten. Er traf Sörens Gesicht, das vor Wut, Verzweiflung und Angst verzerrt war.

„Nein“, keuchte er. „Nein, ich bleibe nicht. Ihr bleibt hier. Ihr seid die neuen Wächter. Ich gehe, und niemand wird mich aufhalten.“

Jupiter fuhr sich durch die Haare, die in dieser Nacht besonders wild nach allen Seiten abstanden. „Das … das kannst du nicht tun!“, schrie er.

„Kann ich doch. In zehn Minuten ist Mitternacht,

und dann ist meine Zeit hier abgelaufen. Und diese zehn Minuten werde ich euch schon unter Kontrolle halten! Bewegt euch nicht, ich rate es euch!“

Fragend sahen die drei Freunde einander an. Ihre Lage schien aussichtslos.

Lautlos schob sich das schwarze Moorbiest durch die Mauer. Es sah aus, als würde es aus der Wand wachsen. Geduckt bewegte es sich mit schleichenden Schritten auf Sören und den Grusel-Club zu.

Was jetzt?

DER GRAUE NEBEL KOMMT ZURÜCK

Ein leichtes Nicken von Jupiter genügte, und seine Freunde verstanden. Beim zweiten Nicken sprangen sie gleichzeitig hoch und stießen Sören zur Seite.

Er war sofort wieder auf den Beinen und streckte die Hände nach ihnen aus. Nick bekam er zu fassen und zerrte ihn zurück.

Jupiter riss an der Tür, die jedoch völlig verzogen war und klemmte. Vicky kam ihm zu Hilfe.

„Loslassen!", krächzte Nick und schlug um sich. Sören aber hielt ihn mit ausgestrecktem Arm von sich, sodass Nick ihn nicht treffen konnte.

„Zieh!", kommandierte Jup.

Vicky riss mit ihm an der uralten Klinke, doch die Tür bewegte sich keinen Fingerbreit.

„Noch einmal, los!" Jup konnte vor Anstrengung nur noch flüstern.

Als Vicky und er sich abermals an die Klinke

hängten, gab sie nach und brach splitternd aus dem Holz. Jup sprang hin und riss zwei Bretter heraus. Der Spalt war nun groß genug, um sich durchzuzwängen.

„Helft mir!“, rief Nick.

Sören zog ihn an sich und hielt ihm den Mund zu. Nick schüttelte den Kopf, versuchte die Hand abzustreifen, schaffte es aber nicht.

In der Aufregung und bei dem Krach hatten ihn die anderen beiden nicht gehört. Erst auf der Straße fiel ihnen auf, dass Nick fehlte. Jupiter stürzte in das Haus zurück und stutzte.

„Nick?“, fragte er leise. „Alles in Ordnung?“

Er bekam keine Antwort.

Sören stand mit weit aufgerissenen Augen da und bewegte sich nicht. Er schien erstarrt zu sein.

Hinter ihm kam das Moorbiest hervor. Es erinnerte in diesem Augenblick an ein Kätzchen, das gestreichelt werden wollte.

„Nick?“, rief Jupiter noch einmal.

„K... k... kalt ... so kalt!“, meldete Nick zähneklappernd. Er ging in die Knie und schlüpfte aus den Armen von Sören, der weiter stocksteif dastand wie eine Schaufensterpuppe.

„Er ist gefroren“, meldete Nick.

Jupiter schüttelte ungläubig den Kopf. Er packte Nick bei der Hand und zog ihn aus dem Haus. Als er einen Blick zurückwarf, konnte er das schwarze Moorbiest nicht mehr sehen.

Vicky schrie entsetzt auf. Es war vier Minuten vor Mitternacht.

„Rennen, Leute, rennen!“, kommandierte sie.

Die drei setzten sich in Bewegung und stürmten los. Ihre Schuhe knallten auf das Pflaster, manchmal stolperten sie oder stürzten, kämpften sich aber sofort wieder hoch, rannten weiter und spürten keinen Schmerz.

Vor dem Stadttor war wieder der graue Nebel aufgetaucht. Er hing tief in die Gassen herab, und aus seinem Inneren kam ein gelbliches, pulsierendes Licht.

Hinter dem Grusel-Club waren Schritte zu hören. Langsame, steife Schritte und eine keuchende Stimme. „Nein … bleibt da, bleibt da!“

Sören war wieder aufgetaut und zu sich gekommen.

„Raus!“, schrie Vicky und zeigte auf das Stadttor.

Die Kuttengestalt wütete am Auto, mit dem Professor Katz und die Schwarzbuschs gekommen waren. Sie raste durch alle Ritzen, ließ die Sitze explodieren und das Glas am Armaturenbrett zersplittern. Mit ploppenden Geräuschen sausten die Anzeigen aus den Halterungen, und Kabel begannen zu verschmoren.

Mit letzter Kraft taumelten Vicky, Nick und Jupiter durch das Stadttor. Jup wollte einen Blick auf seine Uhr werfen, ob sie es rechtzeitig geschafft hatten, kam aber nicht dazu.

„Kinder … hier …", hörte er bekannte Stimmen rufen.

„Mama! Paps!", riefen Vicky und Nick.

Ihre Eltern robbten auf allen vieren durch den Moorschlamm. Professor Katz hatte es geschafft, sich auf die Straße zu ziehen, und streckte ihnen den Arm entgegen.

Als der Kuttengeist das sah, brüllte er und wollte sich erneut auf sie stürzen.

„Nein … nicht!", krächzte Vicky.

„He, Dumpfbacke!", hörte sie ihren kleinen Bruder rufen.

Meinte er sie?

„Dumpfbacke, hier sind wir!"

Der Ruf galt dem früheren Räuberhauptmann, der unten im Rathaus eingemauert gewesen war. Brüllend drehte er sich in Nicks Richtung. Seine Augen glühten rot und hatten die Größe von Fußbällen. Das Maul war ein tiefer Schlund, der alles verschlucken zu wollen schien.

„Spinnst du?", keuchte Vicky. „Hör auf, Nick!"

Doch es war zu spät. Der Kuttengeist stürzte sich auf ihn. Nick begann zu laufen, auf den grauen Nebel zu.

VERFOLGT

Nick achtete nicht auf den Weg, dachte nicht daran, dass er den festen Boden verließ und in das alles verschlingende Moor hinaustrat.

Seine verdreckten Sportschuhe klatschten durch das braune Wasser. Er spürte, wie der Boden immer weicher und nachgiebiger wurde, und hatte bei jedem Schritt mehr Mühe, die Schuhe wieder aus dem Moor zu ziehen. Er keuchte angestrengt.

Die Bewohner von Kaltenbach hatten die Laternen erhoben und warteten sehnsüchtig darauf, dass die Lichter angingen.

Der Kuttengeist schwebte näher, streckte die Ärmel nach Nick aus und ließ einen eisigen Hauch aus seinem Mund strömen, der Nick im Nacken traf und ihn fast erstarren ließ.

Er hatte den Kreis erreicht und stolperte durch die Versammlung der Geister, den Kuttengeist noch immer hinter sich.

Die Leute schrien erschrocken auf, als sie die

Gestalt in der Kutte erkannten. Sie alle wussten, um wen es sich handelte und was sie ihrem ehemaligen Anführer angetan hatten.

Der Kuttengeist war Nick bis in die Mitte des Kreises gefolgt, blieb stehen und bekam im nächsten Augenblick einen Schlag, der ihn fast bis zum Bauch in das Moor trieb.

Der Kuttengeist aber bäumte sich auf, die wilde Fratze änderte sich von Sekunde zu Sekunde. Wut und Hass sprühten aus den Augen. Aus der Kutte wuchsen auf einmal viele Arme, die sich mit großer Geschwindigkeit auf die Kaltenbacher zubewegten und ihnen die Laternen aus den Händen schlugen.

Der Kuttengeist wollte verhindern, dass sie erlöst wurden. Sie sollten wie er für immer in Kaltenbach bleiben müssen.

Verzweifelt schlug Nick um sich, geriet dadurch aber nur noch tiefer in das Moor.

Es war alles aus und verloren. Sein Plan klappte nicht. Er hatte gehofft, der graue Nebel würde den Kuttengeist auflösen und für immer verschwinden lassen. Doch Nick hatte sich geirrt.

Etwas Kaltes, Feuchtes legte sich von oben über ihn, schnell und unerwartet, wie ein nasses Tuch, das jemand geschleudert hatte. Nick konnte weder sehen noch hören. Ein greller Blitz zerbarst knapp über seinem Kopf, und dann war alles still.

Aus sehr weiter Ferne kam eine Stimme, die er kannte.

„Hörst du mich?", fragte sie immer wieder.

„Ja", hauchte Nick schwach.

„Mach die Augen auf, bitte!", flehte die Stimme. „Und sag etwas. Bitte!"

Die Stimme gehörte doch seiner Schwester Vicky, oder?

Nick schlug die Augen auf und sah Vickys Gesicht über sich. „Sonst sagst du immer, ich soll den Mund halten!", brummte er.

„Du musst schnell nach Hause", hörte er seine Mutter sagen. „Ein heißes Bad ist das, was du jetzt brauchst."

Nick richtete sich auf und sah sich um.

Er lag auf einer Decke neben dem Auto. Der graue Nebel war verschwunden, genauso wie Kaltenbach und alle seine Bewohner.

Nick warf Jup einen fragenden Blick zu.

„Der Nebel hat auf einmal alles eingehüllt und verschluckt. Als er sich wieder verzogen hat, hast du hier gelegen und deine Eltern ebenfalls. Alles andere aber war weg", antwortete er leise auf die unausgesprochene Frage.

„Der graue Nebel hat dem Spuk ein Ende gesetzt, für immer", flüsterte Vicky.

„Ich verstehe das alles nicht", erklärte ihre Mutter. „Aber Hauptsache, wir haben euch endlich gefunden."

Das Innere des Autos war verwüstet. Der Kuttengeist schien versucht zu haben, es zu plündern. Aber was spielte das jetzt schon für eine Rolle …

„He, echt cool, Nick!“, raunte Jup seinem Cousin zu.

„Nehmt mich mit … halt, wartet!“ Sören kam aus der Dunkelheit gestolpert. „Nicht zurücklassen!“, wimmerte er kläglich.

„Wer ist denn das?“, wollte Frau Schwarzbusch wissen.

„Glaubst du es, wenn wir sagen: der Hüter einer Geisterstadt, die es nicht mehr gibt?“, wollte Vicky wissen.

Ihre Mutter schüttelte den Kopf.

Erschöpft zwängten sich alle in den Wagen. Weg, nur weg aus dem Moor, das war ihr einziger Gedanke.

„Der Spuk ist für immer vorbei!“, sagte Jupiter, als sein Onkel losfuhr.

In der Dunkelheit sah er nicht die Tatzenspuren, die hinter dem Wagen auf dem Feldweg entstanden und ihnen Kurve um Kurve folgten …

DAS MONSTERHAUS

DAS WESEN

Es lauerte bereits im Schatten einer Hauseinfahrt, als Vicky mit ihrer Freundin Emma in die Graugasse einbog. Irgendwo in der Nähe schlug eine Turmuhr sieben Mal. Es war ein feuchtkalter Oktoberabend, und nur noch wenige Leute waren auf der Straße unterwegs.

„Sie muss hier irgendwo sein. Normalerweise kommt sie immer, wenn ich pfeife!“, beteuerte Emma. Sie steckte zwei Finger in den Mund und stieß mehrere schrille, hohe Pfiffe aus. Dann sah sie sich suchend um.

Vicky runzelte die Stirn. Sie wollte Emma nicht noch mehr Angst machen, deshalb sagte sie nichts.

„Natascha, wo steckst du? Komm her, komm zu mir!“, rief Emma lockend und schnalzte mit der Zunge.

Statt der schwarz-braun-weiß gefleckten Katze kam aber nur ein eisiger Windstoß. Die beiden Mädchen fröstelten und zogen die Jacken enger um sich.

„Glaubst du, ihr ist etwas zugestoßen?“, fragte Emma mit weinerlicher Stimme. Ihre Katze Natascha war seit zwei Tagen fort. Sie musste beim Lüften aus dem Wohnzimmerfenster im Erdgeschoss gesprungen sein und war wie vom Erdboden verschluckt. Vicky und Emma hatten an beiden Tagen den ganzen Nachmittag erfolglos nach der Katze gesucht.

Emma wischte sich verstohlen über die Augen. Sie hatte große Mühe, die Tränen zurückzuhalten.

In einer Hauseinfahrt wenige Schritte vor ihnen knirschte etwas. Gleich darauf war es wieder still.

„Da hat sich etwas bewegt“, flüsterte Vicky.

„Vielleicht ist das Natascha“, hauchte Emma hoffnungsvoll. Sie lief vor und spähte an der Mauerkante vorbei in den tiefen, dunklen Torbogen. Erschrocken sprang sie zurück.

„Was ist?“, wollte Vicky wissen.

„Dort steht jemand“, meldete Emma. „Der sieht … ganz komisch aus.“

Vicky schob sie zur Seite und beugte sich vor. Ganz hinten, wo der Innenhof begann, stand tatsächlich jemand an die Mauer gepresst. Es war eine gebückte Gestalt mit merkwürdigen Ausbuchtungen am Kopf.

„Was ist das für einer?“, fragte Emma ängstlich von hinten.

Vicky schluckte heftig und antwortete nicht.

„Was hast du denn?“ Ungeduldig rüttelte Emma ihre Freundin am Arm. „Was ist?“

Vicky konnte es nicht sagen. Es war nur so ein eigenartiges Gefühl, das sie beschlichen hatte.

Im Hof ging ein Licht an. Die seltsame Gestalt hob sich nun als dunkler Schatten vor dem erleuchteten Torbogen ab. Die Ausbuchtungen auf dem Kopf schienen gelb zu glühen.

Erschrocken wich Vicky zurück und stieß dabei gegen Emma.

„He, hast du was erkennen können?", wollte diese wissen.

Im Hof wurde ein Moped gestartet. Fast gleichzeitig kamen aus der Hauseinfahrt ein rasselndes Keuchen und schleifende Schritte. Den beiden Mädchen blieb keine Zeit zur Flucht.

Mit einem plumpen Sprung landete das Wesen direkt vor ihnen auf der Straße. Es hatte einen glatten, schuppigen Körper. Als es sie sah, schossen seine Augen weit vor. Sie hingen an langen, dünnen Stielen und wippten hektisch auf und ab.

Emma klappte den Mund auf, doch sie brachte keinen Ton heraus. Erst nachdem sie mehrmals heftig nach Luft gerungen hatte, konnte sie schreien. Ihre Stimme gellte durch die kalte Herbstluft.

Das Wesen geriet in Panik und schlug mit der Pfote nach ihr. Vicky erkannte lange grüne Finger mit dicken violetten Saugnäpfen.

Als Emma nicht aufhörte zu schreien, öffnete das Wesen sein breites Maul.

DIE VERFOLGUNG

Das Innere des Mauls war gelblich-grün. Zähne hatte das Wesen keine. Im Oberkiefer erkannte Vicky aber links und rechts zwei Löcher, als wären dort welche ausgefallen.

Wollte das Wesen sie beißen?

Emma holte schluchzend Luft und brüllte weiter.

Warum kam denn niemand zu Hilfe? Die Fenster der Häuser blieben alle geschlossen.

Vicky fiel der Grund dafür ein. In der Graugasse standen nur alte Gebäude, die demnächst abgerissen werden sollten. Nur noch drei Leute wohnten hier, die sich weigerten, ihre Wohnungen zu verlassen. Darüber hatte sie einen Bericht im Fernsehen gesehen.

Das reptilienartige Wesen ging auf vier Beinen und zog einen kräftigen Schwanz hinterher. Nun aber stieß es sich vom Boden ab, richtete sich auf und zeigte drohend sein offenes Maul.

Vicky warf sich mit aller Kraft gegen Emma, die

nach hinten stolperte und fiel. Im gleichen Augenblick sauste etwas zischend und säuselnd über ihre Köpfe hinweg. Aus den Augenwinkeln erkannte Vicky etwas, das wie ein dickes rosafarbenes Lasso aussah. Es schlingerte suchend durch die Luft und wurde schließlich wieder zurückgezogen, weil es nichts gefunden hatte.

Das Lasso war die Zunge des Wesens! Eine lange, klebrige Reptilienzunge!

Dann kam das Moped, das vorhin gestartet worden war, durch die Ausfahrt.

Sofort bäumte sich das Wesen auf, stieß einen tiefen, kehligen Schrei aus und ließ seine lange Zunge wieder aus dem Maul sausen. Diesmal wurde sie so lang, dass sie die Lampe an der Hausmauer erreichte. Die Zunge blieb daran kleben, und das Wesen riss sie aus der Verankerung.

Ein Regen aus Glassplittern ging nieder, und das Licht erlosch. Auf die gleiche Weise zerstörte das Wesen noch zwei Straßenlaternen. In der Graugasse wurde es finster.

Mit schweren, watschelnden Schritten machte sich das Riesenreptil aus dem Staub und verschwand in der Dunkelheit.

Das Moped kam aus der Einfahrt und bremste. Der Fahrer schien wegen der unerwarteten Dunkelheit überrascht zu sein.

Vicky schaffte es, auf die Beine zu kommen, und riss ihn am Jackenärmel.

„Bitte, Sie müssen es verfolgen!", flehte sie.

Der Mopedfahrer klappte das Visier seines Helmes hoch, und ein mürrisches Gesicht kam darunter zum Vorschein.

„Was willst du? Lass meine Jacke los!“, verlangte er.

„Bitte, nehmen Sie mich mit und fahren Sie, wie ich es Ihnen sage. Es ist wichtig!“, bettelte Vicky.

Der Mann schien zu überlegen, ob er ihr glauben sollte.

„Danke!“, sagte Vicky schnell und schwang sich auf den Sitz hinter ihm. „Fahren Sie die Graugasse hinunter. Schnell!“ Sie umklammerte den Haltegriff hinter sich fest.

Der Mopedfahrer gab Gas, und Vicky hatte Mühe, sich auf dem Sattel zu halten. Die Graugasse machte schon ein paar Meter weiter einen scharfen Knick, hinter dem das Wesen verschwunden war. Obwohl hier wieder die Straßenlampen brannten, war es nicht zu sehen.

„Weiter, weiter!“, schrie Vicky.

Wohin war das Wesen geflüchtet? Versteckte es sich in einem der verlassenen Häuser? Oder fuhren sie in die falsche Richtung?

Der Mopedfahrer bremste, als sie zu einer Kreuzung kamen, wo sich die Graugasse in drei enge Nebengassen verzweigte. Durch das Knattern des Motors im Leerlauf hörte Vicky ein Klirren irgendwo in der Ferne.

„Und, wohin jetzt? Oder hast du keine Lust

mehr, Räuber und Gendarm zu spielen?", fragte der Fahrer mit schiefem Grinsen.

Vicky schaute sich angestrengt um. Am Ende der linken Nebengasse entdeckte sie eine kaputte Lampe. „Da entlang!", rief sie.

DIE KRÖTEN-SÄULEN

Der Mopedfahrer deutete zum Gepäckträger. „Nimm den!“

Vicky drehte sich um und entdeckte einen zweiten Sturzhelm. Sie setzte ihn auf und konnte gerade noch nach dem Haltegriff greifen und sich festklammern, als der Fahrer schon wieder losraste.

Die Gasse war düster und schien kein Ende zu nehmen. Sie wurde immer enger und unheimlicher. Die Häuser schienen sich vorzubeugen, und die Regenrinnen berührten sich fast. Kein Mensch war auf der Straße.

„Wen verfolgen wir eigentlich, Frau Detektiv?“, brüllte der Mopedfahrer über die Schulter.

„Einen Jungen, der mir etwas geklaut hat“, schwindelte Vicky. Die Wahrheit hätte er ohnehin nicht geglaubt.

„Den kriegen wir“, versprach der Fahrer und gab noch mehr Gas. Vicky war für den Sturzhelm äußerst dankbar.

Schließlich stießen die Kanten der Häuser fast aneinander. Es blieb gerade so viel Platz, dass ein kleines Auto durchfahren konnte. Der Mopedfahrer flitzte durch die Enge auf einen kleinen Platz mit einem Brunnen in der Mitte. Er bremste scharf und schwenkte mit dem Moped zur Seite wie auf Skiern. Die Reifen schlitterten quietschend über das Pflaster.

Hektisch blickte Vicky sich um. Das Wesen war nirgendwo zu sehen. Doch es musste sich in einem der prunkvollen Häuser befinden, die rund um den Platz standen. Es gab keinen anderen Weg – sie waren in einer Sackgasse gelandet.

Nur in einer Villa brannte hinter den Fenstern Licht. Im ersten Stock erkannte Vicky auch einen Schatten, der sich durch das Zimmer bewegte.

Sie erstarrte. Für einen Augenblick war ein Kopf am erleuchteten Fenster aufgetaucht. Kein menschlicher Kopf, sondern der Schädel eines Reptils.

„Haben Sie das auch gesehen?", fragte sie den Mopedfahrer.

Der aber starrte in eine andere Richtung und fragte nur brummig: „Äh, was denn?"

„Nichts, vergessen Sie's!", seufzte Vicky.

Sie nahm allen Mut zusammen und stieg vom Moped ab. Dann ging sie langsam auf das Haus zu. Links und rechts von der Eingangstür erhoben sich dicke, bauchige Säulen. Vicky spürte ein Frösteln, als sie sah, auf welchen steinernen Figuren sie ruhten.

Es waren fette Kröten mit dicken Muskeln. Sie hatten die Mäuler weit aufgerissen, als stöhnten sie unter der Last. Die Augen quollen ihnen aus dem Kopf.

Um die Säulen ringelten sich steinerne Schlangen, und ganz oben erkannte Vicky zwei Leguane. Beide standen mit den Hinterbeinen auf je einer Säule und hatten die Vorderbeine aufeinandergelegt. So bildeten sie das Vordach. Ihre Köpfe mit den Hautstacheln und Warzen glotzten von oben auf Vicky herab. Sie sahen so lebendig aus, als könnten sie jederzeit herunterspringen und sich auf sie stürzen.

„Weißt du, was ich denke? Du hast mich angelogen", schimpfte der Mopedfahrer. „Du hast nur eine Gratisfahrt gebraucht, du freche Göre." Er ließ den Motor aufheulen und raste davon. Vicky hatte nicht einmal Zeit für eine Erklärung.

Sie blieb allein auf dem Platz zurück. Rund um sie war es völlig still. Die anderen Häuser schienen sie mit ihren dunklen Fenstern wie aus toten Augen anzustarren.

Vicky zog den Reißverschluss ihrer Jacke ganz hoch und blickte noch eine Weile zu dem erleuchteten Fenster im ersten Stock. Der Reptilienkopf tauchte aber nicht mehr auf.

Im Rückwärtsgang entfernte sie sich von dem Haus. Den Blick hatte sie dabei ständig auf die Tür geheftet. Sie fürchtete, diese könnte jederzeit auffliegen und das Wesen könnte herausstürzen.

Bald musste sie den Durchgang zur Gasse erreichen. Dort wollte sie sich schnell umdrehen und dann rennen, was das Zeug hielt.

Weg, nur weg!, war ihr einziger Gedanke.

Da stieß sie gegen ein Hindernis und hörte schweres Atmen hinter sich. Erschrocken ließ sie, ohne sich umzublicken, die Hände tastend nach hinten gleiten.

Sie spürte Haut. Kalte, feuchte Haut.

Vicky schrie.

DER KATZENFRESSER

„Das Wesen!"

„Nein, Emma!"

Vicky saß am selben Abend im ehemaligen Folterkeller der Burg Falkenfels, dem Treffpunkt des Grusel-Clubs. Ihr Cousin Jupiter und ihr jüngerer Bruder Nick hatten mit offenem Mund ihrem Bericht gelauscht.

„Wieso war Emma auf einmal hinter dir?", wollte Nick wissen.

„Weil sie mir wie eine wilde Hummel nachgesaust ist. Sie hat gekeucht wie ein Nilpferd und gar keine Luft mehr bekommen."

„Wusste gar nicht, dass Emma so schnell laufen kann", meinte Jupiter.

„Und, was habt ihr dann gemacht?", bohrte Nick weiter.

„Nichts. Wir sind schleunigst abgehauen", erzählte Vicky. „Mir hat es nämlich wirklich gereicht, das könnt ihr mir glauben."

Jup fuhr sich durch die Haare und schaukelte

auf dem Stuhl vor und zurück. Nachdenklich blickte er zur Decke der Folterkammer, von der kleine Tropfsteine wuchsen.

„Meinst du wirklich, es war ein echtes, lebendiges Reptil?"

„Was sonst? Ein verkleidetes Auto?", brauste Vicky auf.

„Nein, aber vielleicht hat sich jemand nur einen Scherz erlaubt."

„Nee, sicher nicht!", sagte Vicky sehr entschieden. „Obwohl Emma keine Sekunde glaubt, dass wir einem Wesen begegnet sind. Sie hat genau wie ich die Stielaugen und die klebrige Zunge gesehen, behauptet aber trotzdem, es wäre ein Stadtstreicher in einem grünen Mantel gewesen."

„Sich selbst zu beschwindeln kann manchmal recht beruhigend sein", meinte Jup seufzend.

„Das Wesen frisst Haustiere, vor allem Katzen", sagte Nick mit Grabesstimme.

„Meinst du echt?" Vicky verzog das Gesicht.

„Könnte doch sein, oder?" Nick sah seine Schwester und Jup fragend an.

„Das sind alles nur Vermutungen", warf Jupiter ein. „Ich finde, der Grusel-Club sollte hier einige Nachforschungen anstellen."

Die anderen waren sofort einverstanden.

Am nächsten Tag nach der Schule fuhren sie mit ihren Rädern zu dem Platz, auf dem sich das seltsame Haus befand. Bei Tag sah es bedeutend weniger unheimlich aus.

Nachdenklich blickten die drei an der grauen Fassade empor. Hinter allen Fenstern hingen helle Netzgardinen.

„Die sollen wohl vor neugierigen Blicken schützen“, raunte Vicky den anderen zu.

„In der Nacht kann aber auch ein ganz normaler Mensch wilde Schatten auf so eine Gardine werfen“, gab Jup zu bedenken.

Empört stemmte Vicky die Hände in die Seite. „Heißt das, ich habe nur gesponnen und mich vor einem Schatten erschreckt?“

Jup verzog den Mund und hob die Schultern. Er wusste, es war besser, in einem solchen Moment nichts zu sagen. Seine Cousine konnte sonst sehr wütend werden.

„Los, mach mir die Räuberleiter!“, befahl Vicky. „Vielleicht kann ich in den unteren Zimmern etwas erkennen.“

Jupiter wagte nicht, zu widersprechen. Energisch stieg Vicky in den Steigbügel, den er mit seinen Händen formte. Da sie noch immer nicht hoch genug war, kletterte sie weiter auf seine Schultern.

Nick hatte die Hände in die Hosentaschen gebohrt und betrachtete die steinernen Figuren über dem Eingang, den Fenstern und unter dem Dach. Es waren wilde Tiere, die aussahen wie eine Mischung aus Kröte, Schlange und Leguan. Fast alle hatten die Mäuler weit aufgerissen, einige zeigten spitze Zähne, andere lange, gespaltene Zungen.

„Wer hat die wohl hier anbringen lassen?", überlegte Nick laut. „Der Mensch muss einen leichten Knall gehabt haben."

Er betrachtete gerade ein besonders furchterregendes Wesen an der Regenrinne, als er Schritte hinter sich hörte und ein Schatten über die drei Freunde fiel. Erschrocken zuckte Nick zusammen.

EISIGE KÄLTE

Vicky drehte sich nach hinten und sah eine Frau in einem langen schwarzen Mantel. Sie trug in jeder Hand einen schweren Einkaufskorb, der oben abgedeckt war. Um ihren Kopf war ein honigfarbenes Tuch geschlungen, und sie hatte eine schmale Sonnenbrille auf.

„Äh …“ Mehr brachte Vicky nicht heraus.

„Darf ich erfahren, was ihr hier macht?“, fragte die Frau mit freundlicher, aber irgendwie auch sehr kühler Stimme.

Hastig kletterte Vicky von Jupiters Schultern, zerriss dabei seine rechte Jackentasche und trat ihm auch noch auf die Zehen.

„Turnübungen … Menschenpyramide!“, erklärte sie ernst.

„Kind, versuch nicht, mich zu verkohlen“, sagte die Frau ganz ruhig. Trotzdem war sie den dreien vom Grusel-Club ein bisschen unheimlich.

„Wohnen Sie hier?“, fragte Nick. Er schob seine Kappe auf dem Kopf herum und setzte seinen treuherzigen Blick auf, bei dem normalerweise alle Erwachsenen dahinschmolzen.

„Ja“, lautete die kurze Antwort.

„Tolles Haus! Ist hier schon einmal ein Gruselfilm gedreht worden?“, plapperte Nick weiter.

Die Frau lächelte ihn an, als wäre er nicht ganz richtig im Kopf.

Nick stand nur einen Schritt von ihr entfernt. Ihm entging nicht der eklige Gestank, der aus den beiden Körben aufstieg. Was da so scheußlich roch, konnte er nicht erkennen. Auf jeden Fall aber wurde ihm schlecht davon.

„Du bist ein süßes Kerlchen“, sagte die Frau. Danach ging sie zur Haustür und holte einen Schlüssel aus der Manteltasche. Daran war ein Anhänger befestigt, dessen Form an einen Stern erinnerte. Er sah irgendwie magisch aus.

Die Tür war doppelt abgesperrt. Nachdem die Frau den Schlüssel zweimal gedreht hatte, drückte sie die Klinke herunter und hob die abgestellten Körbe auf.

„Ich denke, ihr geht jetzt“, sagte sie lächelnd und trotzdem sehr streng.

Die Freunde nickten artig und entfernten sich im Rückwärtsgang. Dabei versuchten sie, einen Blick an der Frau vorbei ins Vorzimmer des Hauses zu werfen. Dort war es aber ziemlich finster, und sie erkannten nur einen Kristalllüster an der Decke.

Auf einmal ertönte heftiges Klopfen, als würde

jemand mit den Fäusten gegen eine verschlossene Tür hämmern.

„Lass mich raus, du Mistkerl!“, verlangte eine dumpfe Stimme.

Die Frau verlor für einen Augenblick die Ruhe. Ihre Mundwinkel zuckten nervös. Sie ging schnell ins Haus und stieß die Tür mit dem hohen Absatz ihres Stiefels zu. Der Knall hallte von den Wänden der anderen Häuser wider.

„Was war das?“, fragte Vicky.

„Die Frau muss Stinkbomben eingekauft haben“, erklärte Nick und schnitt eine angeekelte Grimasse.

„Der Schrei und das Getrommel haben sich angehört, als würde sie jemanden gefangen halten“, kombinierte Jupiter.

„Das Wesen!“, hauchte Vicky.

„Wir müssen irgendwie in das Haus und uns dort umsehen“, überlegte Jup laut.

„Wie sollen wir das anstellen? Vielleicht durch die Wände gehen?“, spottete Vicky.

„Ich jedenfalls betrete dieses Haus auf keinen Fall“, erklärte Nick.

„Tja, wenn du dir in die Hosen machst, lass es besser bleiben“, spottete seine Schwester.

„Ist ohnehin nichts für kleine Kinder“, gab Jupiter noch eins drauf.

Nick bebte vor Wut. Er hasste es, wie ein Baby behandelt zu werden. „Ich bin nur vorsichtig!“, knurrte er.

„Klar, und wir sind mutig", sagte Vicky mit breitem Grinsen.

Von innen drückte jemand die Klinke der Eingangstür herunter. Der Grusel-Club lief schnell zum Brunnen und ging dahinter in Deckung. Die Frau kam aus dem Haus. Sie trug die beiden Körbe in der Hand und überquerte mit trippelnden Schritten den Platz.

FAULES FLEISCH

„Das ist die Gelegenheit“, sagte Vicky. „Da vorne können wir einsteigen.“ Sie zeigte auf eine offene Kellerluke, die sie hinter einer Bank entdeckt hatte.

„Vergiss es!“, bremste sie Jupiter, aber seine Cousine ließ sich nicht aufhalten. „Komm, wir heften uns der schwarzen Tante an die Fersen“, sagte er zu Nick. „Ihre Körbe scheinen jetzt leer zu sein. Sieht so aus, als würde sie etwas holen und zum Haus bringen. Ich möchte wissen, was das ist.“

Vicky hastete zu der Kellerluke. Erst als sie davorstand, erkannte sie, wieso Jupiter nichts von ihrer Idee gehalten hatte: Die Luke war vergittert, und sie hätte schon eine Schlange sein müssen, um sich zwischen den engen Stäben durchzuzwängen. Als sie den Jungen folgen wollte, waren diese aber schon nicht mehr zu sehen. Wütend stampfte Vicky mit dem Fuß auf und ließ sich auf die Bank sinken. Sie verschränkte schmollend die Arme vor der Brust und starrte finster vor sich hin.

Auf dem Platz war es völlig ruhig, da keine

Autos fuhren. Auch die großen prunkvollen Häuser ringsum wirkten still und verlassen. Fast überall waren die Gardinen zugezogen. Das einzige Lebenszeichen war eine Katze, die eingerollt in einem Fenster schlief.

Auf einmal spürte Vicky etwas Kaltes an ihrem Bein. Sie bückte sich erschrocken, um einen Blick unter die Bank zu werfen. Ihr langes Haar fiel nach vorn, und sie spürte einen reißenden Schmerz. Vicky konnte sich nicht mehr aufrichten. Ihr Herz hämmerte, und sie schwitzte trotz der Kühle des Herbsttages.

Jupiter und Nick beschatteten die Frau wie Profis. Sie achteten darauf, dass der Abstand zwischen ihr und ihnen nie zu groß oder zu klein wurde, und gingen immer wieder in Eingängen und Einfahrten in Deckung.

Bald war klar, dass die Frau nicht ins Zentrum der Stadt unterwegs war. Sie schien zu den Wiesen zu wollen, die sich am Stadtrand erstreckten.

Der Wind wurde immer kälter. Er blies durch die Jacken von Nick und Jupiter, die bald mit den Zähnen zu klappern begannen.

Endlich hatten sie das Ende der Gassen erreicht und traten auf eine weite Wiese hinaus. Das Gras war hier schon lange nicht mehr gemäht worden und stand an einigen Stellen sehr hoch. Sonst aber waren die langen Halme umgeknickt oder von Sturm und Regen niedergedrückt worden.

„Sieht aus wie ein Meer bei Sturm", stellte Jupiter fest.

Die Frau hatte große Mühe, mit ihren Stöckelschuhen über die Wiese zu gehen. Immer wieder sank sie ein, blieb stecken oder hängen und musste mit viel Geschick ihre Füße befreien.

Ihr Ziel war eine Stelle, an der das hohe Gras kreisrund niedergetrampelt war. Nick und Jupiter duckten sich hinter einem Büschel hoher Halme, damit sie nicht entdeckt wurden.

Ein Windstoß wehte eine stinkende Wolke über ihre Köpfe hinweg. Nick hustete in seine Hand und würgte. „Wäää, genau dieser Gestank kam vorhin aus den Körben!"

Jupiter schauderte. Er spürte die Gänsehaut seinen Rücken heraufkriechen.

„Ich kenne den Geruch! Das ist verfaultes Fleisch", sagte er leise.

„Nicht dein Ernst", zischte Nick.

Jup nickte. „Doch. Als im Urlaub der Strom ausgefallen und alles Fleisch in unserer Tiefkühltruhe verfault war, hat es genauso gestunken."

Die Frau hatte sich gebückt und schien etwas vom Boden aufzuheben und in die Körbe zu legen. Sie ging dabei sehr vorsichtig vor und bewegte sich wie in Zeitlupe.

„Was soll das?", fragte Jupiter leise.

„Wir müssen näher heran, sonst können wir es nicht sehen", raunte ihm Nick zu.

Davon hielt Jup aber wenig. Die Gefahr war zu

groß, entdeckt zu werden. Als ihnen die Frau den Rücken zukehrte, erhob er sich schnell und versuchte, einen Blick auf das niedergetrampelte Wiesenstück zu werfen.

Blitzschnell ließ er sich wieder zurücksinken. Alle Farbe war aus seinem Gesicht gewichen. Seine Augen waren weit und groß, und sein Mund klappte stumm auf und zu.

„Was ist denn?", wollte Nick wissen.

„Ich … ich weiß jetzt … was da so faulig stinkt", stieß Jup hervor. „Auf … auf der Wiese liegt ein Toter."

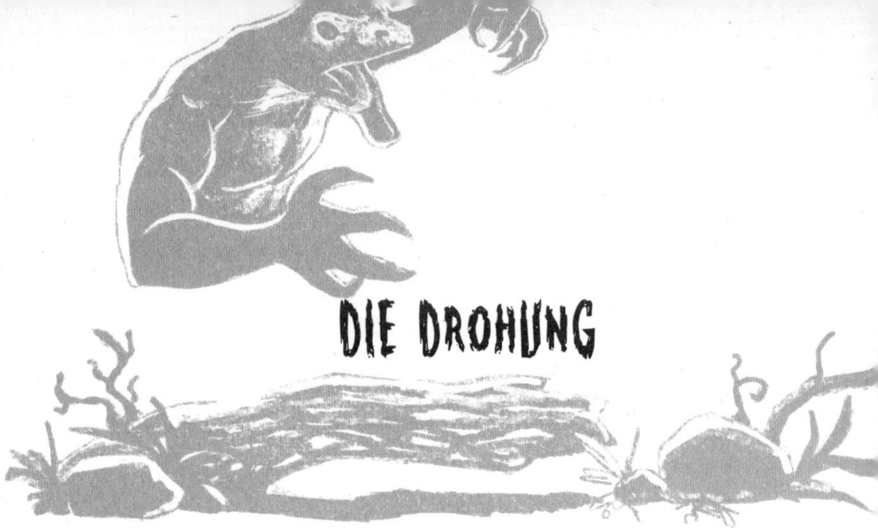

DIE DROHUNG

Nick wollte es nicht glauben.

„Ich … ich stehe bestimmt nicht mehr auf", erklärte Jupiter.

„Du hast dich verguckt", versicherte ihm Nick. Es klang allerdings nicht sehr sicher. Ganz langsam streckte er sich in die Höhe und reckte den Kopf.

Genauso schnell wie Jupiter war er wieder unten. Sein Herz hämmerte, und seine Arme und Beine waren auf einmal steif wie die Glieder einer Schaufensterpuppe.

„Du hast … recht", brachte er unter großer Anstrengung heraus.

Jupiters Unterkiefer zitterte heftig. „Die Frau … was tut sie da? Hat sie jemanden umgebracht? Trägt sie ihn stückweise zurück ins Haus?"

Nick schüttelte ganz langsam den Kopf und hauchte: „Das war nicht die Frau. Das war das grüne Wesen, das Riesenreptil, das Vicky gesehen hat."

Immer wieder musste Jupiter schlucken. „Oh, mein Gott, oh, mein Gott", flüsterte er. „Das ist

Wahnsinn. Das Biest frisst nicht nur Katzen, sondern fällt auch Menschen an."

Die beiden Freunde hatten auf einmal keine Kraft mehr. Sie konnten nicht aufstehen und flüchten, obwohl sie das am liebsten getan hätten.

„Die Frau wird uns sehen! Wir kennen ihr Geheimnis!", jammerte Nick.

„Was soll sie schon tun?", brummte Jup.

„Sie wird das Wesen auf uns hetzen. Es braucht bestimmt ständig neues Futter!", sagte Nick mit Grabesstimme.

Von weiter vorn kam ein leises Stöhnen. Die Frau presste sich die Hand in den Rücken, als sie sich aufrichtete. Die Körbe waren jetzt voll und schwer. Sehr sorgfältig breitete die Frau wieder die Tücher darüber und stopfte sie fest hinein, damit der Wind sie nicht herunterwehen konnte.

Niemand durfte sehen, was sich in den Körben befand, auch wenn der Geruch schon einiges verriet.

Die Körbe zogen die Schultern der Frau tief herab. Vornübergebeugt stolperte sie über die Wiese Richtung Stadt. Die gebückte Haltung passte so gar nicht zu ihrer feinen Kleidung, dem Kopftuch und der Sonnenbrille, wie sie sonst nur Filmstars trugen.

„Ducken!", kommandierte Jup.

Die Jungen machten sich so klein wie möglich und pressten sich auf den Boden. Die Nässe des Erdreichs drang durch ihre Jeans, aber darum konnten sie sich jetzt nicht kümmern. Sie stießen mit den Köpfen aneinander, so dicht kauerten sie beisammen.

Sie hörten, wie die Schritte der Frau direkt auf sie zukamen. Bei jedem Schritt ertönte ein knirschendes, matschendes oder raschelndes Geräusch. Außerdem war das angestrengte Keuchen der Frau zu hören.

„Ich bringe sie um. Ich bringe sie um!“, schimpfte sie vor sich hin.

Nick und Jupiter blieb fast das Herz stehen. Sie waren entdeckt worden!

Um zu fliehen, blieb keine Zeit mehr. Die Frau war direkt vor ihnen. Sie würde sie bestimmt schnappen, noch bevor sie aufgesprungen waren.

Das Rascheln, Matschen und Knirschen dröhnte in ihren Ohren wie Kanonendonner. Durch die Grashalme sahen sie die schlanken Beine, die feinen Strümpfe und die edlen Lederschuhe, die mit Dreck beschmiert waren.

„Zur Seite“, zischte Jup seinem Cousin zu.

Nick verstand nicht, wozu das gut sein sollte, krabbelte aber ein Stück nach links.

Rums! Ein Schuh sauste von oben genau an die Stelle, wo er gerade noch gehockt hatte.

Knack! Der andere setzte dort auf, wo Jup eben noch gekauert hatte.

Der Gestank aus den Körben war so stark wie nie zuvor. Die Jungen pressten schnell die Hand vors Gesicht und hielten sich die Nase zu.

Sie hätten die Tücher der Körbe wegziehen können, so nahe wankte die Frau an ihnen vorbei.

Sie hatte sie gar nicht gesehen! Sie musste jemand anderen meinen. Immer weiter entfernte sie sich, bis sie schließlich die Gasse erreichte.

Jupiter hatte die ganze Zeit die Luft angehalten. Gierig saugte er sie nun ein.

„Was tun wir jetzt?“, wollte Nick wissen. „Sollen wir ihr nach oder … oder …?“ Er wagte es nicht, die andere Möglichkeit auszusprechen.

„Ich trau mich, du auch?“ Jupiter sah Nick herausfordernd an.

„Trauen schon, aber … ich hab keine Lust!“, erklärte Nick.

„Feigling“, zischte ihm Jupiter zu. „Dann gehe ich eben allein.“

Er erhob sich und marschierte mit sehr langsamen Schritten auf die niedergetrampelte Stelle zu. Die Hände hatte er tief in die Taschen seiner Hose gebohrt.

Hinter dem hohen Gras am Rande der Rundung tauchte der Tote auf. Bekleidet war er mit einer braun-grün gefleckten Tarnjacke. Seine Hose war mit Erde verklebt, als hätte er sich in einem Schlammloch gewälzt. Der Kopf war bis auf einen flauschigen Haarkranz kahl.

Jupiter blieb stehen und kaute an seiner Unterlippe. Irgendetwas gefiel ihm hier ganz und gar nicht.

BEFREIT MICH!

Jupiter winkte Nick herbei. Sein Cousin kam und fragte mit spöttischem Grinsen: „Traust dich wohl doch nicht allein, was?“

„Blödsinn“, knurrte Jup. „Es ist nur … der Tote … liegt irgendwie anders als vorhin.“

„Dann wird ihn die Frau bewegt haben“, meinte Nick achselzuckend. Er vermied es, zu dem Mann zu sehen.

Nachdenklich schüttelte Jupiter den Kopf. „Ich verstehe das nicht.“

„Na ja, dann musst du eben noch näher ran“, zischte Nick.

„Das werde ich auch tun. Schließlich habe ich die Hosen nicht so voll wie du“, gab Jupiter zurück.

Aber seine Beine gehorchten ihm kaum. Er musste sich zwingen, auf den Toten zuzugehen. Auf einmal schien er tonnenschwere Gewichte an den Füßen zu haben.

Nick beobachtete ihn gespannt.

Jupiter hatte seinen Blick nur auf den liegenden

Mann gerichtet und achtete nicht auf den Weg. Deshalb bemerkte er nicht, wie er auf einen trockenen Ast trat, der mit einem lauten Knacken durchbrach.

Die Folge war schaurig.

Der Tote sprang in die Höhe, drehte sich mit einem grunzenden Aufschrei um und starrte in Jupiters Richtung. Er hatte vorgestülpte Stielaugen und keinen Mund.

Jup rang nach Luft und brachte zuerst nur ein hilfloses Piepsen heraus. Dann brüllte er aus Leibeskräften und ergriff die Flucht.

Nick stand stocksteif da und starrte den vermeintlichen Toten entsetzt an.

„Das … das Wesen“, keuchte er. „Die Stielaugen … das Wesen … das ist es …!“

Als er noch immer keine Anstalten machte zu flüchten, packte ihn Jup am Ärmel der Jacke und riss ihn mit.

„Weg, komm schon!“, krächzte er.

Das Wesen schwang drohend die Fäuste und brüllte ihnen etwas hinterher, das sie nicht verstehen konnten.

Sie rannten und verließen die Wiese, ohne auch nur ein einziges Mal stehen zu bleiben oder sich umzusehen. Ihre Lungen brannten, und sie hatten Seitenstechen, aber darum kümmerten sie sich nicht.

Jup kam ein schrecklicher Gedanke: Verfolgte sie das Wesen vielleicht?

Vicky versuchte sich mehrere Male zu befreien und wieder aufzurichten.

Doch es gelang ihr nicht.

Das Reißen an ihren Haaren wurde stärker, der Schmerz war unerträglich.

Verzweifelt begann sie, mit den Händen zu tasten. Was hielt sie da fest? Was hatte sie vorhin am Bein berührt?

Sie griff etwas Kaltes auf dem Boden. War das Eis? Oder Metall? Oder …?

„Loslassen", keuchte sie. „Lassen Sie mich los!"

„Befreit mich … sie halten mich gefangen!", flehte eine tiefe, rasselnde Stimme.

Zwischen den Gitterstäben des Kellerfensters waren zwei schmutzige, nackte Arme herausgestreckt. Die Hände hatten nach Vicky gegriffen und hielten sie jetzt an den Haaren fest.

Der Stimme nach musste es sich um einen Mann handeln. Sein Gesicht konnte Vicky aber nicht erkennen, weil hinter dem Gitter des Fensters die Dunkelheit begann.

„Wer sind Sie?", wollte sie wissen.

„Holt mich raus! Bitte, bitte, bitte!", winselte der Mann.

„Ja, wir tun ja, was wir können. Aber lassen Sie mich endlich los!" Vicky spürte, wie das Blut in ihren Kopf schoss und ihn füllte wie einen Ballon. Sie hatte das Gefühl, ihre Ohren müssten bald abspringen, so groß war der Druck.

Der Mann lockerte den Griff, und Vicky konnte

sich befreien. Sie atmete erleichtert auf und ging dann vor der Bank in die Hocke, um einen Blick auf den Mann zu werfen.

Doch der war verschwunden. Das Fenster stand noch offen, dahinter war aber nur Finsternis zu sehen.

Vicky richtete sich keuchend wieder auf und lief auf dem Platz hin und her. Sie wäre am liebsten abgehauen, aber irgendetwas hielt sie zurück.

Was war hier los? Zuerst das Wesen, dann das Riesenreptil am Fenster, danach die Frau mit den stinkenden Körben und jetzt der Gefangene im Keller.

Der Wind schob dunkle Wolken über den Dächern zusammen. Bestimmt würde es bald zu regnen beginnen.

Immer wieder ließ Vicky ihren Blick über das Reptilienhaus streifen.

Welches Geheimnis versteckte sich hinter den dicken Mauern?

Sie hörte trippelnde Schritte durch die Gasse kommen und ging schnell hinter dem Brunnen in Deckung. Die Frau mit den Körben kehrte zurück. Sie schloss die Tür auf und schleppte ihre Last schimpfend ins Haus.

Wieder verstrichen viele Minuten, in denen nichts geschah. Nur der Himmel wurde noch dunkler. Obwohl es erst kurz nach drei Uhr am Nachmittag war, würde bald die Straßenbeleuchtung angehen. Es war finster wie am Abend.

Vickys Blick wanderte über die Häuser und fiel erneut auf die schlafende Katze im Fenster. Sie lag noch genauso da wie vorher. Vicky runzelte die Stirn und sah noch einmal genauer hin, dann ging ihr ein Licht auf. Die Fenster waren alle zugemauert! Die Gardinen und die Katze waren nur aufgemalt.

Mit großen Schritten kamen Nick und Jupiter auf den Platz gestürmt. Vicky erhob sich aus ihrem Versteck hinter dem Brunnen und winkte ihnen zu.

NOCH MEHR RÄTSEL

Vicky machte die Jungen auf ihre Entdeckung aufmerksam. „Was sagt ihr dazu?“,

Jupiter trat näher an eines der Häuser heran und stieß einen langen Pfiff aus. „Die Malerei sieht wirklich täuschend echt aus.“

Auf jeden Fall war das die Erklärung, wieso in der Nacht in keinem der anderen Häuser des Platzes ein Licht gebrannt hatte: Bei allen waren die Fenster zugemauert.

„Wozu soll das gut sein?“, wollte Nick wissen.

Weder Jup noch Vicky hatten eine Erklärung.

Durch die Gasse, die zum Platz führte, hallte das Knattern eines Motorrades. Die Jungen erkannten an den Klamotten sofort, wer da kam.

„Der Tote von der Wiese“, sagten sie leise.

„Der was?“ Vicky sah sie fassungslos an.

„Erklären wir dir später!“, zischte Jupiter und zog die anderen beiden hinter den Brunnen.

„Das Wesen … das Monster … es kann seine Augen vorstülpen“, berichtete Nick.

Jupiter schüttelte den Kopf. „Ich glaube, der hatte Speziallupen vor den Augen, wie sie zum Beispiel Uhrmacher verwenden. Das waren also gar keine Stielaugen. Und er hatte so einen Mundschutz, wie ihn Chirurgen benutzen."

„Wozu liegt jemand mit Mundschutz und Lupen auf dem nassen, kalten Wiesenboden?", fragte Nick und tippte sich an die Stirn.

Das Motorrad bog mit viel Getöse auf den Platz ein. Der Mann hielt neben der Treppe des Reptilienhauses und stieg ab. Den Sturzhelm behielt er auf. Beim Gehen hinterließen seine Stiefel eine nasse Erdspur. Er kramte in seinen Taschen, fand aber keine Schlüssel. Also klingelte er.

Erst nach einer Weile wurde ein Fenster im zweiten Stock geöffnet. Die Frau, die das Kopftuch und die Sonnenbrille abgelegt hatte, beugte sich hinaus.

„Was ist?", fragte sie unfreundlich.

„Lass mich rein!", verlangte der Mann.

Die Frau verschwand und war bald zurück. Sie warf ihm eine Handvoll Schlüssel zu und sagte: „Schließ dir selbst auf. Ich bin nicht deine Dienerin. Reicht schon, dass ich mich um deine Monster kümmern muss."

Mit einem tiefen Seufzer bückte sich der Mann und suchte die Schlüssel zusammen, die auf dem Pflaster gelandet und nach allen Seiten gesprungen waren.

„Um Monster kümmern", wiederholte Nick fassungslos.

„Es gibt also nicht nur eines, sondern sogar mehrere“, flüsterte Vicky.

Während der Mann noch immer seine Schlüssel zusammensuchte, wurde die Tür von innen geöffnet. Die Frau winkte ärgerlich und rief: „Mach schnell, es zieht!“

„Ach, hast du dich doch noch heruntergequemt“, ätzte der Mann. Er richtete sich auf und betrat das Haus. Hinter ihm wurde die Tür lautstark zugeschleudert.

„Ein Monsterhaus“, sagte Nick leise. „Ein echtes Monsterhaus.“

„Im Keller wird jemand gefangen gehalten.“ Vicky war wieder eingefallen, was sie den Jungen schon die ganze Zeit hatte erzählen wollen.

„Wir müssen in das Haus und uns umsehen“, beschloss Jupiter. „Jetzt bleibt uns nichts mehr anderes übrig.“

„Und wie sollen wir das anstellen?“, wollte Vicky wissen. „Etwa klingeln? Die beiden lassen uns bestimmt nicht rein.“

Das befürchtete Jupiter allerdings auch.

„Wir überlegen uns was“, sagte er. „Für heute lassen wir es gut sein. Ich bin total durchgefroren und will nach Hause.“

Vicky und Nick hatten nichts dagegen. Auch ihnen war kalt. Außerdem hatten sie noch jede Menge Hausaufgaben zu erledigen.

Die Burg Falkenfels, in der Jup und sein Vater wohnten, stand auf einem kleinen Hügel im Wald.

Eigentlich hätte sie eher Ruine Falkenfels heißen müssen, denn von den großen Burgräumen war kaum noch etwas übrig. Professor Katz hatte in jahrelanger Arbeit vier Zimmer, eine Küche und ein Bad in dem alten Gemäuer eingerichtet: ein Schlafzimmer für ihn, eines für Jupiter, ein Wohnzimmer und ein Arbeitszimmer.

Auf Burg Falkenfels nahm Jupiter zuerst einmal eine heiße Dusche. Die verdreckten Klamotten stopfte er in die Waschmaschine. Seit dem Tod seiner Mutter führte er zum Großteil den Haushalt für seinen Vater und sich. Er kochte, putzte, bügelte und wusch.

Nach der Dusche fühlte er sich ein bisschen besser. Er schlüpfte in einen warmen Jogginganzug und kochte in der Küche Tee. Mit zwei dampfenden Bechern in der Hand ging er ins Arbeitszimmer seines Vaters.

„Darf ich dich stören?“, fragte er vorsichtig.

Professor Katz tippte gerade einen Artikel über Berggeister für ein berühmtes Magazin. Mit solchen Berichten verdiente er sein Geld.

„Moment, bin gleich fertig“, sagte Jups Vater und hämmerte weiter in die Tastatur. Schließlich lehnte er sich mit einem zufriedenen Seufzer zurück, wartete ab, bis drei Seiten ausgedruckt waren, und legte sie auf einen kleinen Stapel anderer Blätter.

„Danke für den Tee“, sagte er und nahm ein paar kleine Schlucke. „Na, dann schieß mal los!“

HALTET EUCH FERN!

Jup beschrieb seinem Vater den Platz mit dem Reptilienhaus.

„Ja, der Saturnplatz, den kenne ich“, sagte Professor Katz. „Habt ihr das Haus mit den Krötensäulen und den Salamandern entdeckt?“

Jup nickte. „Wer wohnt dort?“

„Irgendein Spinner!“, lachte sein Vater. „Ich glaube, er heißt Wechselburg oder so ähnlich. Beschäftigt sich nur mit Reptilien. Züchtet sie, verkauft sie und hat angeblich eine Sammlung der ausgefallensten Reptilien der Welt.“

„Könnten sich auch Monster darunter befinden?“, wollte Jupiter wissen.

„Monster? Wie meinst du das?“

Jup erzählte in wenigen Worten, was Vicky beobachtet hatte. Er berichtete auch von dem Gefangenen im Keller und den Körben voll fauligem Fleisch. Sein Vater hörte aufmerksam zu.

„Nein, Monster hat dieser Wechselburg bestimmt keine. Ich habe sogar einmal einen Bericht für eine Zeitung über ihn geschrieben und war kurz in seinem Haus. Dort steht ein Terrarium neben dem anderen. Sogar die Nachbarhäuser gehören ihm. In allen befinden sich Gehege mit Echsen, Schlangen und Waranen."

Jupiter hob überrascht die Augenbrauen. Vielleicht war das der Grund für die zugemauerten Fenster.

„Was sagst du zu der Sache mit dem Gefangenen und zu den stinkenden Körben?", wollte Jup wissen.

„Dafür habe ich keine Erklärung", gestand sein Vater. „Vielleicht sollten wir aber besser die Polizei rufen. Die könnte sich doch bei Wechselburg einmal umsehen."

„Sollen wir etwas von dem Monster sagen?", fragte Jupiter.

„Besser nicht, das glauben sie ohnehin nicht", meinte sein Vater.

„Wie sieht dieser Herr Wechselburg aus?", fragte Jup.

Professor Katz suchte in seinen Regalen und zog schließlich einen dicken Ordner heraus. Er blätterte darin, bis er den Artikel fand, den er damals geschrieben hatte. Auf der ersten Seite war ein Mann abgebildet.

„Genau den haben wir gesehen", rief Jupiter. „Allerdings hat er mit den Lupen vor den Augen etwas anders ausgesehen."

Professor Katz hatte bereits den Telefonhörer

am Ohr und rief bei der Polizei an. Er schilderte kurz, was der Grusel-Club beobachtet hatte. Als er aufgelegt hatte, sagte er zu seinem Sohn: „Die Polizei kümmert sich darum und wird uns heute noch zurückrufen."

Der Anruf kam drei Stunden später, als Professor Katz und Jup vor dem Fernseher saßen und einen Mumien-Film ansahen.

„Jaja ... verstehe ... vielen Dank", hörte Jup seinen Vater sagen. Als der Professor ins Wohnzimmer zurückkam, machte er ein ernstes Gesicht.

„Die Polizisten waren etwas aufgebracht. Wechselburg muss ziemlich getobt und sich über euch beschwert haben. Seine Frau hat erzählt, ihr wolltet sogar in das Haus einbrechen."

„Das ist nicht wahr! Wir wollten nur hineinsehen", brauste Jup auf.

„Auf jeden Fall ist niemand im Keller. Und das stinkende Fleisch ist einfach zu erklären: Herr und Frau Wechselburg bringen es auf die Wiese, damit Fliegen ihre Eier darin ablegen. Mit den Fliegenlarven füttern sie einige ihrer Hausgenossen. Und Herr Wechselburg liegt mit Lupen auf dem Boden, weil er nach winzigen Würmern und Käfern sucht. Er muss jetzt einen großen Vorrat für den Winter anlegen."

Jupiter verschränkte die Arme hinter dem Kopf und seufzte tief. Das war ja eine schöne Pleite für den Grusel-Club.

„Haltet euch besser vom Haus der Wechselburgs fern", riet ihm sein Vater. „Die beiden haben gedroht, euch anzuzeigen, wenn ihr dort noch einmal herumschnüffelt."

„Angriff ist schließlich die beste Verteidigung", sagte Jupiter.

Professor Katz strich seinem Sohn über das struppige Haar, das wie immer nach allen Seiten abstand. „Könnte es sein, dass ihr in letzter Zeit zu viele Gruselfilme gesehen habt?", fragte er mit sanfter Stimme.

Jup funkelte ihn wütend an. Er konnte es nicht leiden, wenn er wie ein Dummkopf behandelt wurde. Für ihn stand fest, dass Wechselburg und seine Frau sehr wohl etwas zu verbergen hatten. *Und wir werden rausfinden, was es ist!,* dachte er wild entschlossen.

ZWEI UHR IN DER NACHT

Zwei Uhr nachts in der Stadt.

Die Straßen waren völlig leer. Weder Fußgänger noch Autos waren unterwegs.

Eisiger Wind fegte über die Dächer und riss das welke Laub von den Ästen der Bäume. Er rüttelte an den Straßenlampen, ließ sie heftig schwanken und ihre Lichter auf den Gehsteigen und Hauswänden gespenstisch tanzen.

Jupiter schlief sehr unruhig. Bei Wind wurde aus Burg Falkenfels eine Art riesige Orgel mit Schlagzeugbegleitung. Aus allen Ritzen und Schlitzen kamen schaurige Töne, zu denen die Fensterläden und Türen unheimlich klapperten.

Neben Jupiters Ohr krächzte etwas. Er öffnete schlaftrunken die Augen und drehte sich zur Seite.

„Kox, was soll das?", brummte er müde.

Jupiter hatte die Krähe vor zwei Jahren im Schnee gefunden. Sie war am Flügel verletzt gewesen, und Jupiter hatte sie mitgenommen und gesund gepflegt. Bald hatte sich gezeigt, dass es sich um keine gewöhnliche Krähe handelte. Sie war zahm, hatte großes Talent beim Nachmachen von Stimmen und Geräuschen und außerdem einen sechsten Sinn für Übersinnliches.

Nachdem die Krähe wieder gesund geworden war, wollte sie trotzdem nicht fort. So blieb sie im Turm der Burg, kam aber manchmal auch in die Wohnräume.

Wie er auf den Namen Kox gekommen war, wusste Jupiter nicht mehr. Aber Tatsache war, dass die Krähe auf den Namen hörte.

In dieser Nacht trippelte Kox aufgeregt an der Bettkante auf und ab. Er flatterte hoch und landete auf dem Fensterbrett. Mit dem Schnabel klopfte er an die Scheibe.

Jup erhob sich ächzend. Er hatte verstanden, dass die Krähe ihm etwas zeigen wollte, und er wusste aus Erfahrung, dass sie bestimmt einen guten Grund hatte.

„Ich kann nichts erkennen", brummte Jupiter, als er durch das Fenster sah. Draußen war stockfinstere Nacht. „Was soll dort sein?"

Unermüdlich klopfte Kox gegen die Scheibe. Schließlich öffnete Jupiter das Fenster, und die Krähe flog sofort hinaus. Ihr Krächzen wurde immer leiser, je weiter sie sich entfernte.

Hatte sie nur einmal raus müssen?

Ein schriller Schrei von Kox machte Jup klar, dass vor der Burg irgendetwas anderes los sein musste. Er beugte sich in die kalte Nacht hinaus, konnte aber nichts erkennen.

Immer wieder schrie Kox aufgeregt. Es war ein Laut, den er nur ausstieß, wenn er wirklich sehr aufgeregt war und auf etwas Besonderes gestoßen war.

Jupiter schlüpfte in seinen Jogginganzug und zog seine Winterjacke darüber an. Er setzte sich eine dicke Wollmütze auf, nahm zwei Taschenlampen und verließ das Zimmer.

„Falls das nur zwei schnarchende Füchse sind, kann Kox was erleben", murmelte er.

Neben der Eingangstür der Burg befand sich ein Drehschalter, mit dem er ein paar kleine Scheinwerfer einschalten konnte, die die Wiese rund um die Burg ein wenig beleuchteten. Nachdem Jup das Licht angeknipst hatte, trat er in die kalte Nachtluft hinaus.

Er fröstelte sofort. Die Kälte traf ihn wie ein Keulenschlag.

Kox flatterte mit lautem Gekrächze zu ihm und gleich wieder davon, als wollte er ihn zu einer bestimmten Stelle führen. Mit pochendem Herzen folgte ihm Jup.

Die Krähe hatte sich auf einem kleinen kahlen Baum niedergelassen, der in der letzten Kurve der Zufahrtsstraße zur Burg stand. Von dieser Stelle aus konnte Jupiter fast die ganze Straße bis zum Fuß des Burghügels überblicken – allerdings nur die Stellen, die von Straßenlaternen erhellt wurden.

„Ich glaub, mich boxt ein Känguru“, stieß er hervor. Im Lichtkreis einer Lampe war für einen kurzen Augenblick ein grünliches Wesen aufgetaucht. Jup hatte die langen Stielaugen und das breite Maul gesehen. Das Wesen bewegte sich auf allen vieren und schien den Boden der Straße abzuschnüffeln wie ein Spürhund.

Unentschlossen wippte Jup hin und her. Was sollte er jetzt machen?

„Moment mal. Das kann niemals ein echtes Reptil sein“, murmelte er. „Bei der Kälte könnte es sich sonst gar nicht bewegen.“

DIE KLEBRIGE ZUNGE

Noch immer stand Jupiter neben dem schwarzen Stamm des kahlen Baumes. Kox schlug hektisch mit den Flügeln und stieß immer wieder seine schrillen Schreie aus.

Das Wesen hörte sie und hob den Kopf. Der Blick der Stielaugen fiel direkt auf Jupiter. Die Augäpfel schwollen sofort auf Fußballgröße an, und die fette, feuchte Zunge leckte mehrmals über das Maul.

Jupiters einziger Gedanke war: Flucht! Zurück in die Burg! Dort war er sicher.

Er rannte los, direkt auf das helle Rechteck in der Burgmauer zu. Die Tür stand offen, und Licht fiel aus dem Treppenaufgang.

Hinter sich hörte er schwere, watschelnde Schritte und heftiges, rasselndes Keuchen. Er warf einen Blick über die Schulter und sah das Wesen mit großer Geschwindigkeit kommen.

Sein plumper Körper schwabbelte, die kurzen Beine bewegten sich tollpatschig, aber trotzdem flink. Mit riesigen Kugelaugen glotzte ihn das

Monster an und riss sein Maul weit auf. Es gab grunzende Laute von sich, als könnte es kaum erwarten, Jup zu verschlingen.

„Nein, nicht!“, keuchte Jupiter.

Sein Sportschuh rutschte in ein Loch im Boden. Er stolperte nach vorn, ruderte mit den Armen, verlor das Gleichgewicht und stürzte.

In Panik versuchte er, sich wieder auf die Beine zu kämpfen.

Das Monster kam rasch näher. Schon ließ es die klebrige Zunge vorschießen und zog sie mit einem lauten Schnalzen wieder ins Maul zurück.

Jupiter war wieder auf den Beinen. Der Schock hatte ihn fast gelähmt. Seine Gelenke waren steif, als hätte jemand Draht eingezogen. Mit eckigen Schritten torkelte er weiter zum Eingang.

Klatsch! Die nasse Zunge traf ihn am Kopf und riss ihm die Mütze runter. Hinter sich hörte er das Monster spucken. Wolle schien nicht zu seinen Lieblingsspeisen zu gehören.

Noch zehn Schritte bis zur Tür.

Klatsch! Diesmal blieb die Zunge an seiner Jacke kleben, und die linke Tasche wurde abgerissen. Er stolperte noch einmal, konnte sich aber mit den Händen abfangen, wieder aufrichten und weiterlaufen.

Der nächste Schlag kam überraschend und mit ungeahnter Wucht. Die Reptilienzunge hatte sich zu einer Wurfkeule entwickelt, die Jupiter niederstreckte.

Er stürzte. Sah den Boden auf sich zurasen. Hörte hinter sich das gierige Grunzen des Monsters. Über sich das Schnalzen der Zunge, die das Ungeheuer wie eine Peitsche einsetzte.

Jup schlug auf. Er landete auf rotbraunen Tonfliesen.

Fliesen?

Fliesen bedeuteten, er war in der Burg.

Wieder sauste die Zunge über ihn. Etwas Nasses, Klebriges tropfte auf ihn herab. Jup drehte sich um, sah das Monster aufgerichtet in der Tür stehen und wollte schon aufgeben.

Da stieß er mit dem Schuh gegen die offene Tür. Er holte aus, trat mit aller Kraft dagegen, und die Tür knallte dem Monster ins Gesicht. Es wurde zurückgestoßen und stieß dabei einen wütenden, grunzenden Laut aus. Am folgenden Geräusch erkannte Jupiter, dass es gestürzt war.

Irgendwie schaffte er es, sich aufzurappeln und erneut gegen die Tür zu werfen. Sie fiel zu, und er drehte zweimal den Schlüssel.

Keuchend lehnte er sich mit dem Rücken dagegen.

Geschafft! In Sicherheit!

„Es muss meiner Spur gefolgt sein … wie ein Spürhund“, murmelte Jup.

Hatten es die Wechselburgs vielleicht sogar auf ihn gehetzt?

Leider gab es in der Tür kein Guckloch, und so konnte Jupiter auch nicht sehen, was sich vor dem

Schloss tat. Er presste das Ohr gegen das Holz und versuchte, etwas zu hören.

Ohne Erfolg.

Noch immer ging sein Atem schnell und schwer, sein Herz hämmerte, und seine Beine waren stocksteif.

Hoffentlich tat das Monster der Krähe nichts, überlegte er. „Ach, Kox wird sich bestimmt in Sicherheit bringen können. Schließlich ist er ein Vogel", sagte er halblaut, um sich zu beruhigen.

Auf dem Weg nach oben dachte Jupiter darüber nach, seinen Vater zu wecken. Vielleicht war das Monster noch vor dem Schloss? Dann konnte er es ihm zeigen.

„Und wenn es fort ist, wird er wieder behaupten, ich hätte nur schlecht geträumt", seufzte Jup.

Er betrat sein Zimmer und begann, sich aus Jacke und Jogginganzug zu schälen. Irgendwie war er unentschlossen. Sollte er nicht versuchen, das Monster zu fotografieren? Ob es noch da war?

VERSCHLUNGEN

Von draußen kam Kox' Krächzen und Schreien. Jupiter trat ans Fenster, konnte die Krähe aber nicht sehen. Er öffnete deshalb die Fensterflügel und beugte sich hinaus.

Völlig unerwartet schoss etwas Dickes von unten in die Höhe. Jup konnte gerade noch zurückweichen und so einem Zusammenprall entgehen.

Die klebrige Zunge sauste wieder durch die Luft und traf ihn an der Wange. Er spürte, wie sie haften blieb und an seiner Haut riss. Die Zunge war so stark, dass sie ihn nach draußen zerrte.

Das Monster war vom Boden bis zu seinem Zimmerfenster gesprungen, das sich im dritten Stockwerk befand. Es musste sich um eine Art Riesenfrosch handeln.

Mit beiden Händen griff Jup nach der langen Zunge und versuchte, sich davon zu befreien. Es gelang ihm, das eklige Organ von der Wange zu ziehen, doch blieben jetzt seine Hände daran kleben. Er war wie gefesselt.

Das unheimliche Wesen war mit einem dumpfen Knall wieder auf dem Rasen gelandet, aber die Zunge war noch immer oben bei Jup. Das Untier zog und zerrte und setzte alles daran, ihn zu sich in die Tiefe zu reißen.

Mit beiden Beinen stemmte sich Jupiter gegen die Zimmerwand, um nicht durch das Fenster gezogen zu werden. Er spreizte die Finger, schaffte es aber nicht, sie von der Klebezunge zu lösen.

Wieder stieß sich das Monster ab, und sein massiger Körper sauste in die Höhe. Diesmal ließ es die kurzen Vorderbeine vorschnellen und klammerte sich damit am Fensterbrett fest. Es riss das Maul weit auf, so weit, wie Jup es ihm niemals zugetraut hätte. Er starrte in eine Öffnung, die mindestens so groß wie das Fenster war, in einen violetten, nassen Schlund.

„Nein, nicht!“, keuchte er und ließ sich zu Boden fallen.

Das Monster beugte sich weit ins Zimmer und senkte das aufgerissene Maul von oben auf den Jungen herab. Schon spürte er die Feuchtigkeit und roch Moder, fauliges Fleisch und nasse Erde. Die Zunge war stark wie eine Kranwinde. Sie zerrte ihn in die Höhe, immer tiefer in das Maul hinein.

Das Maul klappte zu. Jup spürte die harten Kieferränder an seinen Füßen. Sie schoben sich zwischen die Fußsohlen und den Boden. Noch immer schaffte er es nicht, seine Hände von der klebrigen

Zunge zu lösen, die ihn tiefer und tiefer in den Schlund beförderte.

Aus! Ende! Es war vorbei!

Nein, gib nicht auf, schoss es ihm durch den Kopf. *Tu was, tu was!*

Das Monster versuchte, ihn zu schlucken, schaffte es aber noch nicht. Jupiter fühlte sich wie in einem lebendigen Sarg. Viel Spielraum blieb ihm nicht zwischen Zunge und Kiefer, aber ein bisschen bewegen konnte er sich noch.

Der Schlüssel zum Monsterhaus

Jupiter kämpfte verbissen. Ruck für Ruck bewegte er sich zur Seite und verschaffte sich mehr Bewegungsspielraum. Das Monster war so damit beschäftigt, den gewaltigen Bissen zu verschlucken, dass es nicht bemerkte, was er vorhatte.

Endlich hatte Jup genug Platz im Maul. Er konnte sich mit kleinen Schritten um die eigene Achse drehen und auf diese Weise die klebrige Zunge des Monsters verdrehen.

Doch es nützte nichts. Die Zunge zerrte unverändert weiter an ihm. Nach vier Drehungen wollte er wieder aufgeben. Er keuchte und musste eine kurze Pause machen.

Im Maul des Wesens war es kühl und eher trocken. Nur die lange Zunge war eklig feucht. Der Gestank war Jup bisher nicht sehr aufgefallen, raubte ihm aber jetzt fast den Atem.

Noch einmal, los!, trieb er sich innerlich an und ruckte weiter. Er spürte, wie sich die Zunge über seinen Händen fast verknotete. Aus dem Schlund des Monsters kam ein heftiger, stinkender Windstoß und dazu ein jaulender Laut.

Das Maul klappte auf wie die Greifschaufeln eines Kranes, und das Monster spuckte Jupiter aus. Mit einer schellen Bewegung löste es die Zunge von seinen Händen und ließ sich rücklings wieder aus dem Fenster fallen.

Jup stürzte zu Boden, sprang aber gleich wieder auf und beugte sich nach draußen.

Das Monster war auf dem Rücken gelandet, kam jedoch schnell wieder auf die Beine und watschelte humpelnd davon. Ohne sich auch nur ein einziges Mal umzudrehen, verschwand es in der Nacht.

Mit triumphierendem Krächzen kam Kox ins Zimmer geflattert und landete auf der Schreibtischlampe. Jupiter schloss das Fenster und taumelte zu seinem Bett. Er schlüpfte unter die Decke und zitterte am ganzen Körper.

War es vor Kälte oder vor Angst?

„Das gibt es alles nicht. Das ist nur ein Albtraum!", versuchte er sich zu beruhigen.

Aber er war wach. Er träumte nicht.

Vor Erschöpfung fielen ihm die Augen zu, und er versank in einen tiefen, traumlosen Schlaf. Als sich um halb sieben Uhr sein Radiowecker meldete, fühlte sich Jupiter so schlapp wie nach einem Zehn-Kilometer-Lauf.

Sein Vater hatte die Burg bereits verlassen. Er musste zu einem Vortrag. In der Küche lag ein

Zettel, auf dem er Jup einen schönen Tag wünschte. Ohne Zweifel hatte er von den Ereignissen der Nacht nichts mitbekommen.

Einen Augenblick lang hatte Jupiter den Verdacht, alles doch nur geträumt zu haben. Die Spuren im Gras unter seinem Fenster ließen diese Hoffnung aber schnell wieder verschwinden.

„Wie siehst du denn aus?“, fragte ihn Vicky, als Jupiter sein Fahrrad im Schulhof abstellte. „Hast wohl wieder die ganze Nacht Horrorfilme geguckt, was?“

„Nicht nötig, die Monster kommen jetzt zu mir“, knurrte Jupiter. In Stichworten schilderte er Vicky sein schauriges Erlebnis. „Das Vieh hat mich gesucht. Bestimmt haben es die Wechselburgs auf mich gehetzt. Sie sind mindestens ebenso gefährlich wie die Ungeheuer, die sie in ihren Häusern züchten.“

„Du musst ordentlich stinken“, sagte Vicky grinsend.

„Wie kommst du darauf?“, wollte Jupiter empört wissen. Zur Kontrolle schnupperte er gleich an seinem Pulli.

„Na, weil das Monster ausgerechnet zu dir gekommen ist. Dabei haben Nick und ich doch eine doppelte Spur hinterlassen.“

„Ha-ha-ha!“, machte Jup.

Emma kam winkend auf Vicky zu. „Es sind schon wieder drei Katzen verschwunden“, rief sie keuchend. „Der Stadtstreicher muss schuld sein.

Wenn er meiner Natascha nur ein Haar krümmt, dann kann er was erleben."

„Sind die Katzen alle in derselben Gegend verschwunden?", erkundigte sich Jup.

Emma nickte. Es war der Stadtteil, in dem auch das Haus der Wechselburgs lag.

Nick kam ein wenig verspätet um die Kurve auf den Schulhof gerast. Er schwenkte etwas in der Hand, das wie ein Glöckchen klingelte. „Seht mal, was ich da habe!"

Vicky und Jup zuckten mit den Schultern. „Schlüssel, na und?"

„Ich war am Saturnplatz! Gestern hat der Monster-Mann nämlich nicht alle Schlüssel aufgehoben, da war ich ganz sicher. Und ich hatte recht. Die hier hat er vergessen. Vielleicht öffnen sie uns die Tür zum Monsterhaus!"

Emma hatte alles mitgehört und blickte Nick mit gerunzelter Stirn an. „Monsterhaus? Wovon redest du da?"

„Nur ein Späßchen meines Brüderchens", versuchte Vicky abzuschwächen. „Nimm ihn nicht ernst, er hat gestern Abend wieder zu heiß gebadet."

„Hab ich nicht!", wehrte sich Nick.

Vicky deutete mit den Augen auf Emma und schnitt eine Grimasse, um ihn zum Schweigen zu bringen. Nick verstand und lachte gekünstelt. „Okay, okay, natürlich war das nur ein Scherz", beeilte er sich zu sagen.

„Ihr seid komisch“, stellte Emma fest und ging Richtung Schultor.

Jup betrachtete die Schlüssel, die an einem kleinen Ring hingen. Der Schlüsselanhänger hatte eine merkwürdige Form, die an einen unregelmäßigen Stern erinnerte.

„Und du bist sicher, damit lässt sich die Tür des Monsterhauses aufsperren?“

Nick nickte heftig.

MONSTERJAGD

In der Schule waren die drei vom Grusel-Club nicht sehr bei der Sache. Ihre Gedanken schweiften immer wieder zum Monsterhaus ab.

Was tat sich hinter der Tür?

Züchteten die Wechselburgs tatsächlich Ungeheuer?

Wieso ließen sie das Untier in der Nacht frei herumlaufen, wenn es Katzen und sogar Menschen anfiel?

Vicky, Nick und Jup beschäftigte besonders die Frage, wie sie mehr herausfinden und vor allem Beweise sammeln konnten.

In der großen Pause zogen sie sich in den hintersten Winkel des Schulhofs zurück.

„Wir müssen in das Haus und uns dort umsehen“, erklärte Vicky. „Es gibt keine andere Möglichkeit.“

„Das kann lebensgefährlich sein“, warnte Jupiter. „Ich habe keine Lust, noch einmal im Maul dieses Monsters zu landen.“

„Dann wartest du eben vor dem Haus und stehst Schmiere", bestimmte Vicky. „Nick und ich erledigen den Rest, nicht wahr?"

Ihr kleiner Bruder wollte nicht als Feigling dastehen, hatte aber herzlich wenig Lust, seinen Fuß in das Haus der Wechselburgs zu setzen.

„Etwas geht mir nicht aus dem Kopf", fiel Jupiter ein. „Wieso kann sich das Monster in der eisigen Nacht bewegen? Wenn es sich tatsächlich um ein Riesenreptil handelt, wäre es in der Kälte bewegungsunfähig. Schlangen zum Beispiel brauchen Wärme, sonst kommen sie keinen Meter voran. Bei Eidechsen, Leguanen und Chamäleons ist es auch nicht anders."

„Gute Frage", sagte Vicky anerkennend.

„Und die Antwort darauf?" Jup sah sie herausfordernd an.

„Keine Ahnung", gab seine Cousine zu. „Aber wir werden es schon rausfinden."

Nick gab den anderen beiden ein warnendes Zeichen. „Still, Emma im Anrollen."

Mit hochrotem Kopf tauchte Vickys Klassenkameradin bei ihnen auf und berichtete schnaufend, dass Isabella, ein Mädchen aus der Nachbarklasse, ihre Katze ebenfalls vermisste.

„Die Katzen verschwinden immer in der Nacht", überlegte Jupiter laut.

Emma schüttelte den Kopf. „Nein, auch bei Tag. Sie machen einen kleinen Spaziergang und kommen zur Futterzeit am Abend nicht zurück. Meine

Natascha hat das zum Beispiel noch nie zuvor getan."

Jupiter blickte das Mädchen lange nachdenklich an.

„Was ist? Habe ich einen Pickel auf der Nase?", fragte Emma beunruhigt.

„Nein, keine Panik", beschwichtigte Jup.

Nachdem Emma gegangen war, sagte er zu den anderen: „Wir treffen uns heute an der Stelle, wo Vicky das Monster zum ersten Mal gesehen hat. Und dann halten wir nach Katzen Ausschau."

Vicky und Nick verstanden nicht, wozu das gut sein sollte. Da die Schulglocke schrillte, blieb aber keine Zeit für Erklärungen.

Um drei Uhr am Nachmittag durchstreiften die Mitglieder des Grusel-Clubs die Graugasse. Selbst bei Tag war es hier gespenstisch still. Die Fassaden der verlassenen Häuser waren schmutzig und verfallen. An einigen Stellen erinnerten die Löcher im Verputz an schreiende Gesichter.

„Als ob die Häuser verzweifelt rufen würden", hauchte Nick.

„Spinner", sagte seine Schwester verächtlich.

„Psst, still und an die Wand!", kommandierte Jupiter.

Eine schwarz-weiße Katze kam die Gasse herunter. Genüsslich kratzte sie sich den Rücken an einer Hausmauer und hielt den Kopf stolz in die Höhe gestreckt. Ohne die drei Freunde zu beachten, trippelte sie an ihnen vorbei.

Gespannt beobachteten Vicky, Jup und Nick, wohin die Katze unterwegs war.

„Sie geht genau zu der Hauseinfahrt, in der wir das Monster zum ersten Mal gesehen haben“, flüsterte Vicky aufgeregt.

Die Katze verschwand um die Ecke, und die drei schlichen auf Zehenspitzen näher. Als sie einen Blick in die Einfahrt warfen, war von ihr aber nichts mehr zu sehen.

Vicky gab den anderen mit dem Kopf ein Zeichen, mitzukommen. Mit angehaltenem Atem tappte sie durch den niedrigen Torbogen Richtung Hof. Sie deutete nach links, wo Gerümpel, zerbrochene Holzkisten und ein altes Bettgestell achtlos hingeworfen worden waren.

„Dort hat das Monster gestanden!“

„Wir sollten eine Gedenktafel anbringen lassen“, erwiderte Jup mit gespielter Ernsthaftigkeit.

„Hör auf, mich aufzuziehen!“, zischte Vicky aufgebracht.

Sie betraten einen verwilderten Innenhof. Das Unkraut, das im Sommer in die Höhe geschossen war, lag jetzt gelb und welk auf dem Boden. Die beiden hohen Bäume hatten ihr Laub und dazu gleich mehrere Äste abgeworfen. Obwohl höchstens noch ein einziger Mieter hier wohnte, reihte sich Mülltonne an Mülltonne.

Das Moped, auf dem Vicky mitgefahren war, stand gegen eine Mauer gelehnt.

Die drei Mitglieder des Grusel-Clubs blickten

in die Höhe. Rund um sie erhoben sich fünfstöckige Häuser, in denen fast alle Fenster zerbrochen waren.

„Wo ist die Katze hin?“, wunderte sich Nick.

„Warum war das Monster hier?“, fragte sich Vicky.

„Vielleicht lockt es die Katzen mit einem Duftstoff an und lässt sie direkt in sein offenes Maul rennen“, spottete Jupiter.

„Mann, bist du witzig“, polterte Vicky.

Jupiter antwortete nicht, sondern sah stirnrunzelnd zu einer Mülltonne, die einen Spalt offen stand. Davor lag eine Blechdose, auf der ein Katzenkopf abgebildet war. Jup ging hin und öffnete den Deckel der Mülltonne. Sie war bis zum Rand mit den gleichen Dosen gefüllt. „Jemand scheint die Katzen regelmäßig zu füttern“, sagte er.

EIN KÖDER FÜR DAS MONSTER

Stumm deutete Vicky auf ein Loch in der Hoftür eines Hauses. Es befand sich über dem Boden und war groß genug für eine Katze zum Durchschlüpfen. Die drei Freunde öffneten die Tür und bemühten sich dabei, so wenig Lärm wie möglich zu machen.

Das war keine einfache Aufgabe. Die Türangeln waren schon lange nicht geschmiert worden, und das Holz ächzte und knackte, als würde es zerspringen.

Gleich hinter der Tür befand sich eine Wasserpfütze auf dem Boden, die vom Regen stammen musste. Dahinter war eine nasse Katzenspur zu erkennen. Sie führte zur Treppe und nach oben.

Gespannt folgten die drei den Pfotenabdrücken.

Wohnungstüren gab es hier nicht mehr. Sie waren entweder ausgehängt oder zertrümmert worden. Auf dem Boden der Gänge lag knöchelhoch der Schutt.

Im dritten Stock aber standen die drei vor einer

intakten Tür, in die unten ein Loch ausgesägt worden war. Dahinter befand sich eine Klapptür, die anscheinend nur nach innen aufging.

Vicky ging in die Knie und drückte die Klappe auf. Der Geruch von schmutzigen Katzenklos und Katzenfutter aus der Dose schlug ihr entgegen. Sie sah direkt in eine Art Wohnzimmer mit Möbeln, die alle vom Flohmarkt stammen mussten. Kein Stück passte zum anderen.

Überall lagen, gingen, spielten oder schliefen Katzen. Es mussten mindestens zwanzig sein, vielleicht sogar dreißig. Einige wetzten ihre Krallen an den alten Polstermöbeln, aber niemand schimpfte deshalb mit ihnen.

Der Mann, der Vicky auf dem Moped mitgenommen hatte, lag auf einem Sofa, und drei Katzen hockten auf seinem Bauch und ließen sich kraulen. Es ging ihnen hier ohne Zweifel bestens.

Nachdem Vicky wieder aufgestanden war, verließen die drei das Haus so leise, wie sie gekommen waren. Draußen sagte Vicky: „Das ist ein Spinner, der die Katzen mit Futter anlockt. Vielleicht legt er auch Duftspuren mit Baldrian oder Katzenminze. Das ist möglich."

Nick verstand. „Sie können durch die Katzentür in die Wohnung hinein, aber nicht mehr raus."

„Der Typ ist nicht böse und auch nicht gefährlich. Nur eben verrückt nach Katzen", fügte Vicky hinzu.

„Was tun wir?", fragte Jupiter die anderen.

„Wir informieren Emma darüber. Sie soll mit ihren Eltern herkommen und sich ihre Natascha holen. Ich glaube, ich habe Emmas Katze sogar gesehen."

„Das Monster frisst also keine Katzen", stellte Jup fest. „Gibt es trotzdem einen Grund, warum es sich in dieser Einfahrt aufgehalten hat?"

Nick winkte den anderen beiden, ihm zu folgen. Er führte sie zu den randvoll mit Katzenfutterdosen gefüllten Mülltonnen.

„Fällt euch was auf?", fragte er.

Vicky und Jupiter schüttelten den Kopf.

Nick nahm Dosen erst aus einer Tonne und dann aus einer anderen. In der einen waren alle blitzblank, in der anderen klebten noch Futterreste daran.

„Unser Monster scheint eine Schwäche für Katzenfutter zu haben. Es kommt und leckt die Dosen sauber", erklärte er seine Beobachtung.

„Schlauer Junge", lobte ihn Vicky.

„Wie viel Geld können wir aufbringen?", wollte Jup wissen.

Alle kramten in ihren Taschen und beförderten Münzen zutage.

„Das reicht für ein paar Dosen Katzenfutter", stellte Jupiter zufrieden fest. „Wir kaufen es und legen es im Brunnen vor dem Monsterhaus aus. Als Köder, versteht ihr?"

Nick und Vicky nickten.

„Und dann?", wollte Vicky wissen.

„Legen wir uns auf die Lauer. Wenn das Monster kommt, fotografieren wir es. Die Bilder übergebe ich am besten Paps. Der soll dann etwas unternehmen."

Gesagt, getan. Ausgerüstet mit einer Tüte Katzenfutter und zwei Kameras traf der Grusel-Club zwei Stunden später am Saturnplatz ein. Es dämmerte bereits, und wieder fegte ein kühler Wind durch die Gassen.

„Wir haben keinen Dosenöffner", stöhnte Nick auf.

„Nicht nötig", beruhigte ihn Vicky. „Die Dosen haben alle Laschen, die man einfach hochziehen muss." Sie nahm eine heraus und öffnete sie. „Hmmm, Huhn mit feinem Gemüse, klingt lecker."

Jupiter schluckte heftig. „Leute, seht euch das an", meldete er mit belegter Stimme und zeigte auf die Eingangstür des Reptilienhauses. Sie stand einen winzigen Spalt offen.

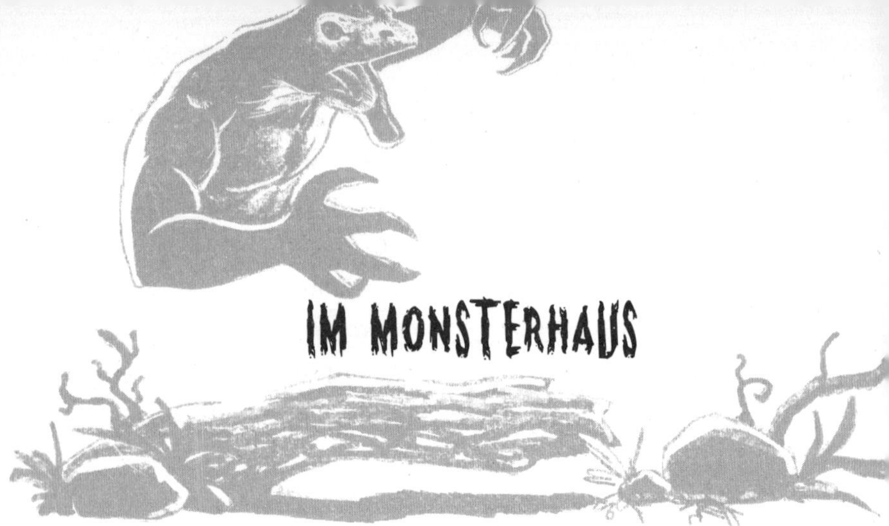

IM MONSTERHAUS

„Und jetzt?" Nick sah seine Schwester und Jup fragend an.

„Jetzt gehen wir hinein", entschied Vicky. „Ich tu es auf jeden Fall. Wenn ihr euch nicht traut, könnt ihr in der Zwischenzeit eine kleine Stärkung zu euch nehmen." Sie drückte den Jungen Katzenfutterdosen in die Hand, wischte sich die Hände an der Jeans ab und marschierte auf die Haustür zu.

„Die Wechselburgs zeigen uns an, wenn sie uns erwischen!", erinnerte Jupiter.

„Und wenn sie gar nicht zu Hause sind?", fragte Nick.

„Wir können doch nicht einfach so in ein fremdes Haus gehen", gab Jup zu bedenken. „Das ist Einbruch."

Vicky war an der Tür stehen geblieben und warf den Jungen einen Blick zu. Danach drückte sie die Tür weiter auf und streckte den Kopf ins Vorzimmer.

„Ich habe eine Idee!", meldete Nick. „Wir können ganz einfach rausfinden, ob die Luft rein ist."

Sogar Vicky war die Sache doch zu heiß geworden, und sie kam zum Brunnen zurück.

„Na, Frau Supermutig?", zog sie Jup auf.

Nick rieb sich die Hände und erklärte: „Ich sehe schon, es muss ein Profi die Sache in die Hand nehmen."

Grinsend ging er zur Tür und drückte ganz einfach den Klingelknopf.

Vicky und Jupiter kamen sich ziemlich dämlich vor, als sie das sahen. Darauf hätten sie auch kommen können.

Nick machte einen Schritt zurück und wartete. Der Türgong war laut vernehmbar durch das ganze Haus geschallt. Falls jemand daheim war, musste derjenige ihn gehört haben.

Die Sekunden verstrichen. Jup warf einen Blick auf die Uhr und stellte fest, dass bald eine Minute um war. Dann zwei. Sie warteten noch eine dritte und nickten einander schließlich zu.

Die Luft war rein.

„Soll einer draußen bleiben und Schmiere stehen?", fragte Jupiter.

„Bringt nichts. Wie soll er die anderen warnen?", meinte Nick.

Also betraten sie das Haus gemeinsam.

„Mann, hier stinkt's", stöhnte Jupiter leise und zog sich den Kragen seines Pullis über die Nase.

Der eklige Geruch passte so gar nicht zu dem

sonst sehr feinen Inneren des Hauses. Die Wände waren mit Seidentapeten beklebt, überall hingen Bilder von ernst blickenden Leuten und lieblichen Landschaften in dicken Goldrahmen, und die Möbel wirkten alle altmodisch, aber sehr teuer und nobel.

Vorsichtig öffnete Vicky die erste Tür auf der rechten Seite und blickte in einen weitläufigen Salon. Die wuchtigen Polstermöbel waren an die Wand geschoben worden. Dafür stand in der Mitte des Raumes ein großes Terrarium.

„Scheint leer zu sein", stellte Nick flüsternd fest.

Ganz vorsichtig näherten sich die drei der hohen Glaswand, hinter der üppiges Grünzeug wucherte. Sie umrundeten das Terrarium einmal und starrten angestrengt in das dichte Grün.

„Nichts zu sehen", brummte Jup.

Vicky klopfte mit dem Finger an die Scheibe und sprang gleich darauf erschrocken zurück. Drei große Schlangenköpfe mit langen Giftzähnen waren aus dem Grünzeug aufgetaucht und schossen mit weit aufgerissenen Mäulern nach vorn.

Jupiter warf sofort einen prüfenden Blick auf den Deckel des Terrariums. Schloss er auch gut? Konnten die Tiere bestimmt nicht entkommen?

„Schaurig, aber trotzdem keine Monster!", krächzte Vicky, deren Hals wie abgeschnürt war. Sie hatte es auf einmal sehr eilig, das Zimmer zu verlassen.

Eine breite Treppe führte in den ersten Stock. Dort befanden sich weitere Salons, ein Klavierzimmer, ein Billardzimmer und ein Schlafzimmer mit einem Himmelbett.

Überall standen kleinere und größere Terrarien. In einigen schlängelten sich Schlangen in den grellsten Farben, in anderen hockten träge Leguane und kauten an Heuschrecken. Es gab aber auch zwei kleine Alligatoren und ein Chamäleon.

„Der Kopf, den ich damals am Fenster gesehen habe, kann nur ein Schatten gewesen sein“, kombinierte Vicky. Sie deutete auf die Stehlampe, die direkt hinter dem Terrarium einer braun-grünen Echse stand.

„Und das Monster?“, fragte Jupiter.

Vicky zuckte mit den Schultern.

In allen Räumen waren die prachtvollen Möbel zusammengeschoben worden, um Platz für die Glaskäfige zu schaffen.

„Sehr gemütlich“, meinte Vicky spöttisch. „Muss wirklich ein tolles Gefühl sein, wenn dir Schlangen und Krokodile beim Schlafen zusehen.“

„Die Wechselburgs spinnen ein bisschen und sind total verrückt nach Reptilien. Das ist aber auch schon alles“, stellte Jupiter ein wenig enttäuscht fest. „Von dem Monster keine Spur.“

„Oder das hier sind alles Monster“, hauchte Nick mit Grabesstimme. „In der Nacht wachsen sie auf die doppelte und dreifache Größe an, verlassen die Terrarien und gehen auf Beutefang.“

Vicky zog ihm seine Mütze bis zum Kinn und fauchte: „Alter Horror-Heini, halt die Klappe!“

Sie entdeckten Verbindungstüren zu den anderen Häusern und stießen auf lange Säle, die ebenfalls voll mit Terrarien waren. Einige Räume waren mehrfach verriegelt. Durch kleine Luken konnten die drei Freunde ins Innere sehen, wo sich riesige Krokodile in Wasserbecken tummelten.

„Stellt euch vor, jemand lässt die alle frei“, sagte Nick.

„Das will ich mir lieber nicht vorstellen“, antwortete Jupiter.

„Jetzt bleibt nur noch der Keller“, sagte Vicky. „Wir haben gehört, wie jemand gegen die Tür getrommelt hat, und mich hat jemand durch das vergitterte Fenster gepackt. Da gibt es gar keinen Zweifel.“

Jupiter fuhr sich nervös mit den gespreizten Fingern durch die Haare, Nick zupfte unruhig an seiner Mütze.

„Wir müssen es wagen“, seufzte Jupiter schließlich.

Nick schüttelte immer wieder den Kopf. „Wie Vicky schon sagt, vielleicht ist jemand im Keller eingeschlossen. Und dann gibt es noch das Monster, das angeblich hier haust. Wenn es im Keller eingesperrt ist, kann es doch nicht entkommen, oder?“

Jupiter hatte eine Erklärung. „Es sei denn, die Wechselburgs lassen es frei. Diesen beiden komischen Vogelscheuchen trauc ich das zu. Die sind nicht ganz dicht."

„Na dann ab in den Keller", sagte Vicky leise.

Die Aufregung der drei stieg, aber keiner hätte das zugegeben.

DER KELLER

Im Vorzimmer gab es drei Türen, die der Grusel-Club noch nicht geöffnet hatte. Hinter der ersten befand sich eine Küche. Dort türmten sich kleine Glaskäfige mit Mehlwürmern, Fliegen und verschiedenen Larven.

„Mahlzeit“, sagte Vicky und schloss die Tür schnell wieder.

Die zweite führte in einen kleinen Raum, in den ein Bett, zwei Lehnstühle, ein Esstisch mit zwei Stühlen und zwei Schränke gestopft waren. Überall lagen Sachen herum, und geputzt worden war hier schon lange nicht mehr.

„Wisst ihr, was ich denke?“ Jupiter deutete in den Raum. „Die Wechselburgs wohnen hier in dieser Abstellkammer. Der Rest des Hauses gehört den Reptilien.“

„Sag noch einmal, dass meine Kappensammlung Spinnerei ist“, brummte Nick seiner Schwester zu.

Vicky grinste.

Die dritte Tür war abgesperrt. Verärgert rüttelte Jupiter an der Klinke.

„Hallo, wer ist da?", kam eine Stimme aus dem Keller.

„Wer sind Sie?", wollte Jupiter wissen.

„Bitte lasst mich raus!", flehte die Stimme. Sie gehörte ohne Zweifel einem Mann. „Ich werde hier gefangen gehalten. Rettet mich, bevor … bevor sie …"

„Bevor sie was?", fragte Vicky.

„Bevor sie mich verfüttern, wie sie es schon mit anderen gemacht haben!"

Die drei vom Grusel-Club sogen hörbar die Luft ein. „Verfüttern?"

„Ja, das tun sie. Bitte sucht den Schlüssel. Ich flehe euch an! Macht schnell, bevor sie zurückkommen!"

Nick stieß einen Pfiff aus und holte den Schlüsselbund aus der Tasche, den er am Morgen auf gehoben hatte. Er probierte einen Schlüssel nach dem anderen aus. Der vierte passte. Kaum hatte er ihn zweimal gedreht, wurde die Tür von innen aufgestoßen. Sie prallte gegen die drei Freunde, die an die gegenüberliegende Wand gestoßen wurden.

Jupiter starrte mit offenem Mund den Mann an, der auf der Treppe hinter der Tür gewartet hatte.

„Aber … aber Sie sind ja …", stotterte er.

Der Mann nickte. „Erkennst du mich?"

„Sie sind … Herr Wechselburg."

Nick und Vicky schüttelten fassungslos den Kopf. „Herr Wechselburg? Im Keller? Wieso?“

Der Mann wischte sich immer wieder über das schmutzige Gesicht. „Der andere … er ist … ein Betrüger. Seine Frau auch. Meine Frau ist ebenfalls im Keller eingeschlossen. Aber sie ist zu schwach, um raufzukommen. Der Mann und die Frau haben uns überfallen und eingesperrt, weil sie sich an unsere Reptilien heranmachen wollen.“

„Aber wozu?“, fragte Vicky.

„Sie wollen sie … verkaufen. Die Tiere sind ein Vermögen wert. Ihr seid meine Retter! Entschuldige, Mädchen, dass ich dich gestern so erschreckt habe auf der Bank.“

„Schon okay“, sagte Vicky. „Aber sollten wir nicht Ihre Frau schnell hochholen?“

Der Mann nickte heftig. „Und ich rufe die Polizei.“ In den Händen hielt er ein Gerät, das an einen Staubsauger erinnerte. „Und das bringe ich in Sicherheit.“

„Was ist das?“, wollte Nick wissen.

„Erkläre ich euch später! Helft meiner Frau, schnell!“

Die drei vom Grusel-Club liefen die steile Treppe hinunter.

„He, Moment mal! Wieso sieht der falsche Herr Wechselburg genauso aus wie der echte?“, fiel Nick plötzlich ein.

Die anderen beiden blieben stehen und sahen ihn überrascht an. „Kluge Frage.“

In diesem Augenblick schlug oben die Kellertür zu. Laut klickend wurde der Schlüssel zweimal gedreht und abgezogen.

„Der hat uns eingesperrt“, keuchte Jup. Er rannte nach oben und trommelte mit den Fäusten gegen die Tür. „Rauslassen! Machen Sie sofort auf!“

Doch er bekam keine Antwort.

Jupiter warf sich gegen die Tür. Außer einem stechenden Schmerz in der Schulter erreichte er damit aber gar nichts.

„Jup, komm schnell!“, riefen Nick und Vicky von unten. Sie mussten etwas Unglaubliches entdeckt haben.

Der Versuch

Jupiter hastete die Treppe hinunter und erreichte einen schwach beleuchteten Kellerraum. Stumm deutete seine Cousine auf einen großen Glaskäfig, in dem sich mehrere Ratten tummelten.

„Eine Rattenfarm“, brummte Jup. „Die gibt es in jedem Reptilienzoo. Was ist daran so aufregend?“

Nick zeigte auf den Boden, wo eine Art Teppich lag. Jupiter holte seine Taschenlampe heraus und leuchtete ihn damit an.

Es war kein Teppich. Jup bückte sich und betastete den langen Streifen mit den Fingern. Das Material zerbrach wie Glas.

„Das ist Schlangenhaut“, sagte er leise. „Die Haut einer riesigen Schlange.“

„Seht euch das an“, stammelte Nick und zeigte in die Ecke des Raumes, in der ein langes, schuppiges Etwas lag.

Jupiter trat vorsichtig hervor und stieß mit der Schuhspitze dagegen. Im nächsten Augenblick sprang er zurück. Das Ding hatte sich bewegt.

„Eidechsen können ihren Schwanz abwerfen, wenn sie angegriffen werden", fiel Nick ein. „Ihre Angreifer stürzen sich dann auf den zuckenden Körperteil, während die Eidechse entkommt."

„Die Eidechse, zu der dieser Schwanz gehört, muss ungefähr zwei Meter lang sein", stellte Vicky fest.

Sie sahen sich weiter im Kellerraum um. Er enthielt ein Klappbett, einen Tisch und einen Stuhl, einen Fernsehapparat, ein Radio und in einer Ecke ein riesiges Nest aus Stroh und Blättern.

„Was ist das hier?", fragte Nick leise.

„Keine Ahnung, und ich will es auch gar nicht wissen. Ich will nur raus", keuchte Jupiter. „Raus aus diesem Monsterhaus."

Die einzige Öffnung nach draußen war die vergitterte Kellerluke. Sie öffneten sie und blickten unter der Bank hindurch auf den Saturnplatz. Verzweifelt rüttelte Jup an den Gitterstäben, die aber tief im Mauerwerk verankert waren und sich keinen Millimeter bewegten.

„Mann, seht euch das an!", keuchte Nick und deutete nach draußen.

Auf dem Platz fand ein unglaubliches Treffen statt. Auf jeder Seite stand ein Herr Wechselburg und starrte den anderen an. Beide trugen exakt die gleiche Kleidung. An der Stelle, wo die Gasse in den Platz mündete, erkannten die drei Frau Wechselburg, die diesmal keine Sonnenbrille trug. Sie blickte verwirrt von einem zum anderen.

„Leute, könnten das nicht Zwillinge sein?", fiel Jupiter ein.

„Wie bist du aus dem Keller gekommen?", fragte ein Herr Wechselburg den anderen.

„Ich, aus dem Keller? Dort warst *du* eingesperrt!", sagte der andere.

„Das ist eine Lüge!"

„Das ist die Wahrheit!"

Frau Wechselburg schlug die Hände vors Gesicht. „Nein, nur das nicht", stöhnte sie. „Bitte nicht!"

„Wir müssen raus, auf der Stelle!", wiederholte Jupiter und rief laut um Hilfe. Erschrocken drehten alle Wechselburgs die Köpfe zu dem vergitterten Fenster.

„Die Kinder … was hast du getan?", fragte Frau Wechselburg leise.

„Gar nichts, die Tür ist ohnehin offen", sagte einer der Männer. Die drei Freunde konnten aber nicht erkennen, welcher es war.

„Tür offen? Dann los, rauf!", schnaubte Jupiter.

Sie kämpften sich die steile Treppe hinauf, und Jupiter hängte sich an die Klinke. Die Tür ließ sich ohne Probleme öffnen.

Fast gleichzeitig wurde die Eingangstür aufgeschlossen, und Frau Wechselburg kam herein. Sie sah nicht wütend, sondern schrecklich besorgt aus.

„Was habt ihr getan?", fragte sie leise.

Da erhielt sie von hinten einen Stoß und stolperte

ins Haus. Die Tür wurde zugeschlagen und abgesperrt.

„Was tust du da? Hör auf, Fred!“, rief draußen einer der Männer.

„Ich brauche keine Zeugen mehr. Ihr habt mich lange genug festgehalten. Aber fast jede Nacht hatte ich genug Kraft, um mich zu verwandeln und durch die Stadt zu streifen. Nur mein Gerät für die Rückverwandlung, das habe ich nicht aus dem Keller bekommen. Außerdem musste ich zurück und eine günstige Gelegenheit abwarten, um euch für immer zum Schweigen zu bringen!“, tobte der andere. „Weil ihr sonst die Jagd auf mich eröffnet hättet. Aber jetzt seid *ihr* die Gejagten!“

„Wovon redet der?“, fragte Nick. Seine Stimme klang wie ein Piepsen.

„Sie sind Brüder. Mein Mann heißt Franklin, sein Bruder Fred. Fred ist Forscher und beschäftigt sich mit Genen. In den Genen stecken die Erbinformationen von Lebewesen. Sozusagen das Programm, das einen Menschen zum Menschen und eine Schlange zur Schlange werden lässt.“

„Er hat experimentiert, nicht wahr?“, fragte Vicky.

Die Frau nickte. „Er hat sich angeboten, auf die Reptilien meines Mannes aufzupassen. Als wir zurückkamen, war es bereits geschehen. Er hat einen Versuch an sich selbst vorgenommen und sich Gene verschiedener Tiere eingesetzt. Seither verwandelt er sich immer wieder in ein Monster!“

Auf der Straße waren die Geräusche eines Kampfes zu hören. Der Grusel-Club und Frau Wechselburg stürzten ans nächste Fenster und warfen einen Blick hinaus.

Die beiden Männer hatten zu raufen begonnen. Einer stieß den anderen weg, und sie taumelten auseinander. Dabei verlor der eine fast das Gleichgewicht, weil er unsicher auf den Beinen zu sein schien. Er hinkte leicht.

„Ich kann sie selbst nicht mehr unterscheiden. Sie gleichen einander wie ein Ei dem anderen, und Fred hat absichtlich die gleichen Sachen angezogen wie Franklin“, klagte Frau Wechselburg.

Der hinkende der beiden Männer kam auf die Haustür zu.

„Frida, ich muss zu dir“, keuchte er mit hochrotem Kopf. Er holte Schlüssel heraus und machte sich daran, die Tür aufzusperren.

Jupiter wusste, dass es nur Fred sein konnte. Er hinkte, seit er als Monster vom Fenster der Burg Falkenfels gestürzt war.

EINGESPERRT

Sein Zwillingsbruder kam und entriss ihm den Schlüssel. Er stieß Fred zur Seite, der stürzte und zu Boden ging.

Hastig schloss Franklin die Tür auf.

„Warum will er euch hier einsperren?“, fragte er keuchend.

Mit einem tierischen Laut stürzte sich sein Bruder von hinten auf ihn und beförderte ihn ins Vorzimmer. Dann riss er die Tür zu und drehte den Schlüssel, der noch immer im Schloss steckte.

„Sind die Fenster nicht alle zugemauert oder aus Panzerglas?“, hörten ihn die Freunde höhnen.

„Das sind sie!“, stöhnte Herr Wechselburg. „Um Himmels willen, Fred, was hast du vor?“

Die Antwort ließ nicht auf sich warten. Aus dem Salon kam nämlich eine armdicke Schlange gekrochen. Als sie die Menschen bemerkte, bäumte sie sich auf und zeigte drohend das offene Maul. Zwei sichelförmige Giftzähne klappten vor.

„Zurück … zurück! Wenn sie sich in die Enge

getrieben fühlt, greift sie an!", warnte Herr Wechselburg.

Über ihnen polterte es auf der Treppe. Wie auf einer holprigen Rutschbahn kamen drei Alligatoren herunter. Sie schienen über die Rutschpartie alles andere als begeistert zu sein und gaben zischende, fast brüllende Laute von sich.

Schreiend flüchteten Vicky, Jup und Nick nach hinten, bis sie mit dem Rücken gegen die Wand stießen.

Der erste Alligator war gegen ein Tischchen mit gebogenen Füßen gestoßen und biss zu. Die Holzbeine zerbrachen zwischen seinen Kiefern wie Zahnstocher.

Es gab keinen Ausweg. Der Grusel-Club war von Reptilien umringt.

Von draußen spottete Fred: „Na, hast du viel Spaß mit deinen Lieblingen, Bruderherz? In allen Zeitungen wird stehen, dass es sich um einen schlimmen Unfall gehandelt hat." Er lachte schrill und irre. „Du hättest mich niemals einsperren und wie ein Tier halten dürfen. Niemals!"

„Ich musste es tun, um dich zu retten!", beteuerte Franklin. „In ein paar Tagen kommt ein Kollege von dir. Er wird dein Experiment rückgängig machen und dir helfen. Du wirst wieder ein normaler Mensch werden."

„Das will ich gar nicht", höhnte Franklin. „Es ist herrlich, ein Monster zu sein und die Menschen in Angst und Schrecken zu versetzen. Ich kann es kaum erwarten, bis ich mich wieder verwandle. Die Abstände werden immer kürzer." Wieder kam ein schrilles, irres Lachen.

„Bitte, schließ die Tür auf, schnell! Du kannst doch nicht die Kinder …", flehte Herr Wechselburg.

„Die wissen zu viel und sind viel zu neugierig!", schnaubte Fred verächtlich.

Breitbeinig kam ein Leguan aus einem Raum. Seine Augen blitzten misstrauisch. Die gespaltene Zunge sauste aus dem Maul und zitterte tastend durch die Luft.

„Sie sind nicht böse … sie greifen nur an, wenn sie sich bedroht fühlen", versuchte Herr Wechselburg zu beruhigen.

„Wissen das auch Ihre Haustierchen?", ätzte Vicky.

Von oben polterten noch mehr Tiere die Treppe herunter. Nachdem sie sich vom ersten Schreck erholt hatten, wurden sie angriffslustig. Die anderen Reptilien machten sie unruhig.

Zitternd presste sich Vicky gegen eine Tür. Ihre Hände bekamen die Klinke zu fassen. Sie drückte sie herunter, und die Tür schwang nach innen auf. Erschrocken stolperte Vicky in die Küche.

„Kommt, wir … wir schließen uns hier ein!", rief sie aufgeregt.

Jup und Nick waren sofort bei ihr, ließen die Reptilien aber keine Sekunde aus den Augen. Auch Herr und Frau Wechselburg konnten sich in die Küche retten. Mit einem erleichterten Seufzer schlugen sie die Tür zu.

„Und jetzt? Wir sitzen hier fest! Sollen wir Fliegen futtern, bis uns jemand findet?“, brauste Nick auf.

„Vielleicht geht es da durch!“, sagte Jup und zeigte auf das dicke Dunstabzugsrohr über dem Herd.

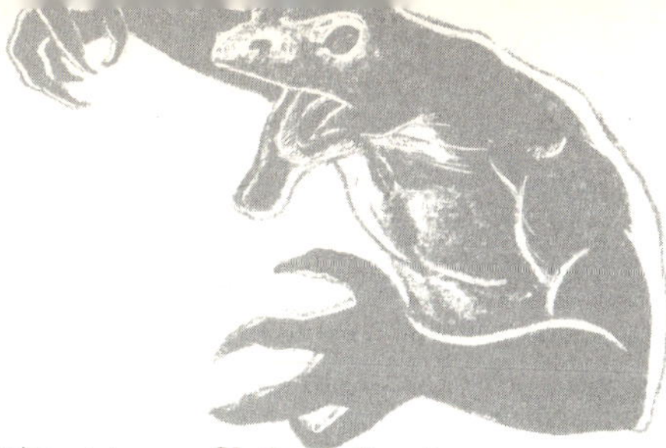

FLUCHT UNMÖGLICH?

„Versucht es, für mich ist das Rohr viel zu dünn“, sagte Herr Wechselburg. „Aber wenn ihr euch retten könnt, dann holt bitte Hilfe.“

Nick war ausnahmsweise einmal richtig froh, der Kleinste zu sein. Er kletterte auf den Herd und steckte den Kopf in das Blechrohr des Dunstabzuges. Als er nach oben blickte, sah er den Mond genau über sich.

Das Rohr war mit dicken Muttern und Metallschlingen in der Mauer befestigt. Nick konnte sie als eine Art Leiter benutzen. Stück für Stück kämpfte er sich in die Höhe. Hinter ihm folgten Vicky, Jup und Frau Wechselburg.

Von oben kam ein kalter Luftzug. Als Nick den Kopf endlich ins Freie stecken konnte, hätte er am liebsten einen Freudenschrei ausgestoßen. Er ließ es dann aber lieber bleiben, da Fred noch immer auf dem Platz vor dem Eingang des Monsterhauses stand. Er schien zu lauschen, was sich drinnen tat.

Schließlich saßen die drei vom Grusel-Club und Frau Wechselburg auf dem Dachfirst und blickten etwas ängstlich hinunter.

Wie sollten sie vom Dach kommen?

Vicky schluckte immer wieder heftig und rückte ständig ihre Brille zurecht. „Ha… habe ich euch schon einmal gesagt … dass ich nicht schwindelfrei bin?“, hauchte sie und klammerte sich an den Blitzableiter.

„Bleib ruhig … ganz ruhig“, redete Jup auf sie ein.

Vicky warf wieder einen Blick in die Tiefe und hatte das Gefühl, von ihr angezogen zu werden wie Eisen von einem Magneten. Sie würde abstürzen! Sie würde auf dem harten Pflaster zerschellen. Sie würde …

„Mann, seht euch das an!“, flüsterte Nick.

Vicky hatte den Kopf zur Seite gedreht und die Augen zusammengepresst. „Ich kann nicht“, flüsterte sie.

„Den Tag merke ich mir“, brummte Nick. „Meine Schwester gibt zu, etwas nicht zu können.“

„Quatsch nicht, sag schon, was los ist!“, fauchte Vicky.

Unten auf dem Platz ging mit Fred Wechselburg eine Veränderung vor sich. Er zuckte und ruderte mit den Armen, als würde er Turnübungen machen. Dazu schnitt er wilde Grimassen.

Der Schein der Straßenlaternen reichte aus, um alles zu erkennen, was jetzt geschah.

Fred wurde auf einmal immer dünner. Sein Kopf schien nach oben zu wachsen und dabei länglicher zu werden. Die Haare verschwanden, und auf der Haut bildeten sich große Schuppen, wie bei einer Schlange.

Freds Klamotten begannen zu schlottern, als hätte er plötzlich stark abgenommen. Sie rutschten von seinem Körper, der auf einmal weder Arme noch Beine hatte.

„Eine Schlange … er ist eine riesige Schlange!“, flüsterte Jupiter aufgeregt.

„So ist er aus dem Keller entkommen! Als Schlange konnte er durch die Gitterstäbe kriechen.“

Die riesige Schlange sank zu Boden, bäumte sich auf und wand sich hin und her, als hätte sie gerade ein Opfer eingefangen, das sie erdrückte.

Nach und nach wurde sie wieder dicker. Zuerst in der Mitte, dann am Kopf. Die Reptilienbeine wuchsen aus dem Körper, und der Eidechsenkopf mit den Stielaugen wurde erkennbar.

„Das Monster … er ist es tatsächlich“, flüsterte Nick.

Auf der Bank erkannte Jupiter das staubsaugerähnliche Ding. Es musste sich um das Gerät handeln, das Fred zu seiner Rückverwandlung brauchte. Breitbeinig stapfte er darauf zu wie ein Leguan. Er packte es mit den kurzen Vorderbeinen und presste es wie ein Baby an seine Brust. Dann hob er den Kopf, riss das Maul weit auf und stieß einen Schrei aus, der durch Mark und Bein ging.

Die Augen poppten weit nach vorn und wurden wieder groß wie Fußbälle. Sie starrten direkt zum Dachfirst, wo sich der Grusel-Club und Frau Wechselburg aneinander drängten.

Das Monster begann, tief und kehlig zu knurren wie ein bissiger Wachhund. Die Augen leuchteten blutrot, und die Zunge schoss gierig aus dem Maul.

Es ging in die Hocke und stieß sich mit aller Kraft vom Boden ab. Wie ein Frosch sprang das Monster in die Höhe und erreichte fast den zweiten Stock. Dann plumpste es hart auf die Straße zurück.

Schon aber unternahm es den nächsten Versuch und ließ dabei die Zunge aus dem Maul sausen, die nass auf die Dachschindeln klatschte, so nahe bei Vickys Füßen, dass sie beinahe danach greifen konnte.

Vicky schrie auf.

Das Monster gab ein triumphierendes Lachen von sich und setzte zu einem erneuten Sprung an. Diesmal würde es ihm gelingen, das Dach zu erreichen. Und dann war der Grusel-Club verloren. Es gab keinen Fluchtweg. Sie saßen hier oben fest.

Keine neuen Experimente

Das Monster ging in die Hocke, presste sich ganz fest nach unten auf den Boden, spannte die Muskeln, bereit, sich abzustoßen.

Doch es sprang nicht.

Mit einem Ruck drehte es sich um und stürzte auf den Brunnen zu. Es tauchte seinen Kopf in das Becken, in dem jedoch kein Wasser war. Sekundenlang war nur Schmatzen zu hören.

„Das Katzenfutter … er hat es gerochen und frisst es“, keuchte Jupiter.

„Damit er mehr Kraft hat und uns endlich verschlingen kann!“, jammerte Vicky.

Noch immer hing das Untier im Brunnen und fraß.

Ein Fenster klirrte.

Das Monster drehte sich alarmiert um und blickte nach oben, aber nicht zum Dach.

„Franklin … er muss im zweiten Stockwerk sein … dort lassen sich die Fenster öffnen.“ Frau Wechselburgs Stimme zitterte.

Die Zunge schoss aus dem Monstermaul zum Fenster hinauf. Sie fing etwas und riss es zu Boden.

Es war ein Gewehr.

Gleich darauf gab es ein scharfes Zischen. Und noch eines. Und noch eines.

Die Augen des Monsters nahmen auf einmal einen verblüfften, fast dämlichen Ausdruck an. Es klappte das Maul stumm auf und zu, wankte und sank schließlich zu Boden.

„Franklin hat Fred … betäubt … mit dem Narkosegewehr … er hat drei davon … für Notfälle“, stammelte Frau Wechselburg.

„Und wie lange wird die Betäubung wirken?“, wollte Vicky wissen.

Sie wirkte lange genug. Herr Wechselburg schaffte es, seine Lieblinge wieder in die Terrarien zurückzubringen, und das Untier, das sein Bruder war, kam in einen gut verschließbaren Raum in einem der Nebenhäuser.

„Ihr dürft niemandem etwas verraten, sonst … sonst gibt es eine Katastrophe“, schärfte der Reptilienzüchter den dreien vom Grusel-Club ein.

Sie versprachen es.

Müde und auf sehr schwachen Beinen wankten sie nach Hause.

Eine Woche später, als sie wieder einmal ein Geheimtreffen im Burgverlies abhielten, hörte Jup seinen Vater rufen.

„Kommt bitte mal her, da will euch jemand sprechen!“

Die drei liefen nach oben. Draußen vor der Eingangstür stand Herr Wechselburg und lächelte ein bisschen verlegen.

„Tag“, grüßte er.

„Tag“, grüßten die drei zurück. „Herr Franklin Wechselburg?“

„Nein, Fred!“

Vicky wollte gleich die Tür zuschlagen, aber Fred war schneller und stellte den Schuh dazwischen.

„Keine Angst … es ist alles vorbei. Ein Kollege konnte das Experiment, das ich an mir selbst durchgeführt habe, rückgängig machen. Ich … äh … also, es gibt keine Verwandlungen mehr.“

Vicky, Jup und Nick sahen ihn zweifelnd an.

„Und weil ihr mir doch so viel gutes Katzenfutter gekauft habt und ich euch so erschreckt habe, möchte ich euch eine kleine Wiedergutmachung schenken!“ Er reichte ihnen eine große Kiste, randvoll mit Süßigkeiten, Chips und Popcorn. „Ich fahre heute ab. Ich denke, das ist besser.“

Die drei vom Grusel-Club nickten nur stumm.

„Ich habe eingesehen, dass wir Menschen nicht zu weit gehen sollten mit unseren Experimenten“, gestand Fred Wechselburg. Er winkte noch einmal und ging. Vicky, Jup und Nick sahen ihm noch einen Augenblick hinterher und gingen dann ins Haus.

Nach ein paar Schritten bemerkte Fred sein offenes Schuhband und bückte sich, um es zu binden. Dabei rutschte sein Hosenbein etwas hinauf, und ein Stück schuppige Schlangenhaut war zu sehen …

Thomas Brezina

© Asia Werbel

Geburtstag: 30. Januar
Lebt in Wien und London und reist gerne herum.
Beruf: Geschichtenerzähler

Thomas, hast du schon etwas Gruseliges erlebt?
Ja, ein paar Mal. Vor einiger Zeit, an einem Herbstabend, hatte ich das Gefühl, ein Unsichtbarer schleicht die Treppe zu meinem Schreibzimmer hoch. Die Stufen haben geknackt, aber es war niemand zu sehen.
Die Erklärung für den Spuk: Das Holz der Treppen hat sich zusammengezogen, als es kühler wurde. Es hatte meine Schritte ‚gespeichert' und deshalb hat es geklungen, als würde jemand heraufkommen.

Hast du dich früher allein in deinem Zimmer gefürchtet?
Ganz ehrlich: Ja. Ich bin sicher nicht der Mutigste. Deshalb schreibe ich unheimliche und spannende Geschichten: Ich kann alles erfinden, was ich gerne erleben würde.

Sammelst du etwas?
Ich sammle verschiedene Sachen. Dinge, die ich auf meinen Reisen so finde. Besonders stolz bin ich auf ein versteinertes Saurier-Ei. Es ist echt. Vielleicht schlüpft einmal ein Saurier …
Na ja, das ist nur ein Scherz. Aber so könnte eine neue Geschichte beginnen …

Kostprobe

GRUSEL CLUB

Geistertanz auf der Titanic

Hast du Lust auf weitere Abenteuer mit dem Grusel-Club? Dann blättere einfach um …

DER SARG DES EDUARDO

Hinter der Tür des Trödelladens begann eine andere Welt. Jupiter Katz spürte es sofort, als er mit seinem Vater den Raum betrat.

Draußen war ein kühler Sommertag. Im Laden von Jutta Lenske aber war es stickig und heiß wie auf einem Dachboden, den die Sonne viele Stunden lang aufgeheizt hatte.

Eine eigenartige Mischung von Gerüchen stieg Jup in die Nase. Es roch nach feuchten, alten Stoffen, Moder, nasser Erde, schimmelndem Mauerwerk und abgewetztem Leder. Staub tanzte in der Luft.

Auch Jupiters Vater, Professor Erasmus Katz, hatte Mühe zu atmen. Er warf seinem Sohn seufzend einen Blick zu und zuckte entschuldigend mit den Schultern.

„Ist ja nicht deine Schuld, dass es hier so stinkt!“, meinte Jupiter leise.

Der Vorhang, der den vorderen Teil des Trödelladens vom hinteren trennte, wurde zur

Seite gerissen. Eine alte Dame trat heraus. Sie stützte sich auf einen Stock, ging jedoch kerzengerade, als hätte sie einen Besen verschluckt.

„Na endlich!“, keifte sie die Besucher an.

„Guten Tag, Frau Lenske“, sagte Professor Katz ruhig. „Mein Name ist Erasmus Katz. Sie haben mich gebeten, vorbeizukommen.“

Hinter einem wuchtigen alten Schrank tauchte ein schmächtiger Junge auf. Seine Augen erschienen riesig hinter den dicken Gläsern seiner Brille. Er trug eine graue Hose und einen schwarzen Pullover über einem weißen Hemd.

„Was sind denn das für Grufti-Klamotten?“, dachte Jupiter.

„Ich habe vor zwei Tagen eine neue Lieferung erhalten“, erzählte Frau Lenske. „Sachen aus dem Besitz eines alten Grafen, der in Transsilvanien gelebt hat. Trödel, den er auf dem Speicher aufbewahrt hat. Doch befindet sich ein Stück darunter, das mir Kopfzerbrechen bereitet.“

Die energische alte Dame gab Jupiters Vater einen Wink, nach hinten mitzukommen. Sie drehte sich um und stieß dabei mit dem Jungen mit der Brille zusammen.

„Hast du keine Augen im Kopf?“, fuhr sie ihn an. Zu Jupiters Vater sagte sie: „Das ist Kai, mein Neffe. Er lebt bei mir, weil seine Eltern beide im Ausland arbeiten. Schrecklich ungeschicktes Kind.“

Kai senkte beschämt den Kopf.

Der Lagerraum hinter dem Vorhang war vom Boden bis zur Decke mit Gerümpel vollgestopft.

Frau Lenske bahnte sich einen Weg, indem sie alte Vasen, Bücher, einen ausgestopften Biber und eine löchrige Tasche mit dem Stock zur Seite fegte. Sie führte den Professor und Jup zu einem Bild, das mit einem Tuch verhängt war. Davor stand etwas, das wie eine Bank aussah und ebenfalls abgedeckt war.

Mit einem Ruck zog Frau Lenske das Tuch von dem Bild weg. Es zeigte einen jungen Mann in dunkelgrünem Wams. Er hatte kurzes Haar und trug einen länglichen Hut, der schief auf seinem Kopf saß.

„Lesen Sie!“, befahl Frau Lenske und zeigte auf die schmutzige Metallplakette am unteren Rand des Bilderrahmens.

Eduardo Montenero

stand darauf.

Mit einer schnellen Handbewegung zog Frau Lenske nun auch die Decke fort, die über der Bank lag.

Jup atmete erschrocken ein.

Ein dunkler Sarg war zum Vorschein gekommen. Die Oberfläche war mit Figuren aus Metall verziert. Bei genauerem Hinsehen erkannte Jupiter Fledermäuse, Schlangen und einen Totenkopf. Dicke Eisenketten waren viele Male um den Sarg geschlungen und mit mehreren riesigen Vorhängeschlössern abgesperrt.

„Und jetzt lesen Sie das!", sagte Frau Lenske. Ihr knochiger Finger legte sich auf dicke Buchstaben, die in das Kopfende des Sargs geschnitzt waren.

EDUARDO MONTENERO

Herausfordernd sah Frau Lenske Professor Katz an.

„Ein Sarg, der nicht beigesetzt wurde", sagte der Professor nachdenklich. Er untersuchte die dünne Ritze zwischen Deckel und Unterteil. Prüfend ließ er den Finger darübergleiten. „Der Sarg ist weder zugeschweißt noch versiegelt. Merkwürdig sind die Ketten."

„Da, vielleicht können Sie die gebrauchen!", sagte Frau Lenske mit geheimnisvoller Stimme. Aus der Tasche ihres Kleides zog sie drei rostige Schlüssel und reichte sie dem Professor.

Jupiters Vater versuchte damit die Schlösser aufzuschließen, hatte aber kein Glück. Der erste

Schlüssel brach ab, die beiden anderen ließen sich nicht einmal in die Schlüssellöcher stecken. Als Professor Katz an den Ketten zog, zerrissen sie wie eine alte Schnur und fielen unter lautem Rasseln zu Boden. Eine Wolke aus Rost stieg auf.

Jupiter stieß einen erschrockenen Schrei aus.

„Was soll das?", fuhr ihn Frau Lenske an.

Jup ärgerte sich über sich selbst. Er war erschrocken, weil ihn etwas Kaltes am Arm berührt hatte. Dabei hatte sich nur Kai neben ihn geschoben.

„Überhaupt möchte ich nicht, dass dieser Junge alles sieht und hört. Es geht ihn nichts an!", erklärte Frau Lenske.

Professor Katz hob die Augenbrauen und nickte seinem Sohn seufzend zu. Jup verstand, verzog säuerlich den Mund und ging nach vorne in den Laden. Kai folgte ihm.

„Weißt du, wieso deine Tante meinen Vater gerufen hat?", fragte ihn Jupiter.

Kai nickte ernst, seine Augen wirkten plötzlich noch größer.

„Und warum?", bohrte Jup weiter.

Mehrmals setzte Kai zu einer Antwort an, doch brachte sie nicht heraus.

„Also was?" Jup wurde ungeduldig.

Endlich begann Kai, flüsternd zu erzählen. Jupiter blieb der Mund offen stehen.

DAS KLOPFEN

Am frühen Abend saß Jupiter mit seinem Vater in der Küche von Burg Falkenfels beim Abendessen. Es gab Kartoffelauflauf, den Jup selbst gekocht hatte. Seit dem Tod seiner Mutter führte er den Haushalt. Sein Vater, Professor Erasmus Katz, wäre dazu nie in der Lage gewesen. Er war Tag und Nacht mit seinen Forschungen beschäftigt, tippte Artikel für verschiedene Zeitschriften oder war unterwegs, um Vorträge zu halten.

„Und, wie lautet dein Urteil über diesen Geistersarg?", wollte Jup wissen.

Professor Katz grinste schief. „Mein Urteil lautet: Da sind die Holzwürmer drinnen."

Jupiter war enttäuscht. Er hatte sich eine aufregendere Antwort erhofft.

„Holzwürmer? Bist du sicher? Frau Lenske und ihr Neffe haben beide am Vorabend ein Klopfen aus dem Sarg gehört."

Das hatte Kai jedenfalls erzählt.

Professor Katz nickte. „Jaja, so ist es. Wenn die Würmer ihre Gänge durch das morsche Holz bohren, machen sie manchmal ein klopfendes Geräusch. Der Sarg ist ungefähr dreihundert Jahre alt und mit großer Wahrscheinlichkeit leer. Ich halte ihn für einen schaurigen Scherz. Dieser Eduardo hat damit wahrscheinlich seine Freunde erschreckt. Mittlerweile ist der gute Mann sicher in der Familiengruft bestattet, und sein Spielzeugsarg ist auf einem Speicher verstaubt."

„Aber … aber vielleicht … liegt doch jemand drinnen … der geklopft hat …", sagte Jupiter vorsichtig.

Sein Vater schüttelte lachend den Kopf. „Bestimmt nicht!"

Jup schob mit der Gabel die Kartoffelstücke auf dem Teller herum. „Hast du den Sarg geöffnet?"

„Nein, er lässt sich nicht öffnen. Aber ich habe ihn angehoben. Er ist ganz leicht, und das bedeutet, er ist leer!"

Für Professor Katz war die Sache damit abgeschlossen, für Jupiter aber noch lange nicht. Er wollte sofort eine Grusel-Club-Sitzung einberufen und den anderen von dem Sarg erzählen. Als er mit seiner Cousine telefonierte, rief sein Vater: „Wenn Vicky und Nick kommen, sollen sie bitte die Tageslichtlampe mitnehmen, die mir ihre Mutter geborgt hat."

„Okay", brummte Jupiter und redete weiter. Die Lampe interessierte ihn nicht besonders.

Im Trödelladen kauerte Kai auf einer Kiste und las in einem dicken Buch. Das heißt, er tat nur so. In Wirklichkeit spähte er immer wieder über den Rand des Buches zu seiner Tante. Sie hatte ihm verboten, in das Hinterzimmer zu gehen. Aber genau dort wollte er unbedingt hin.

Durch die schmutzigen Schaufensterscheiben fiel das rötliche Licht der untergehenden Sonne. Die Schatten des alten Plunders im Laden wurden immer länger.

Frau Lenske trat aus dem Lagerraum, bewaffnet mit Staubwedel, Schrubber und Eimer. „So viel Dreck auf einem Fleck habe ich noch nie erlebt!", schimpfte sie und wusch sich die Hände. Beim Abtrocknen bellte sie: „Ich muss schnell los und einkaufen. Dich schicke ich besser nicht. Du vergisst wieder die Hälfte! Herr Turkowatz wollte noch kommen und die geschliffenen Gläser abholen. Sag ihm, er soll auf mich warten. Hast du verstanden?"

Kai nickte artig.

Kaum aber war die Ladentür hinter seiner Tante zugefallen, klappte er das Buch zu und schlich in den hinteren Raum. Den Vorhang zog er zur Sicherheit zu.

Unheimliche Dunkelheit umgab ihn, und er zog den Kopf ein. Er hatte das Gefühl, angestarrt zu werden. Hunderte Augen schienen ihn mit ihren Blicken zu durchbohren. Sie waren hinter ihm. Langsam drehte er sich um und hob den Kopf.

Er sah den Umriss des ausgestopften Bibers und stieß einen erstickten Schrei aus. Täuschte er sich, oder bewegten sich die Augen wirklich? Kai trat einen Schritt zurück.

Etwas Hartes traf ihn in den Kniekehlen. Er riss die Arme in die Höhe und versuchte vergeblich, das Gleichgewicht zu halten. Kai stürzte nach hinten und landete in einer weich gepolsterten, engen Kiste.

Eine weich gepolsterte Kiste?

Mit Entsetzen wurde Kai bewusst, worum es sich handelte. Aber warum stand der Sarg offen? Kai versuchte sofort, wieder herauszukriechen, doch es gelang ihm nicht. Er kam nicht in die Höhe, sosehr er sich auch bemühte. Der Junge keuchte und schnaufte verzweifelt.

Da stieg ihm ein unerträglicher Gestank von Moder in die Nase und raubte ihm fast den Atem.

Kai wollte schreien, doch er brachte keinen Ton heraus. Sein Hals war wie abgeschnürt.

Und dann erkannte er den Grund, warum er nicht in die Höhe kam: Kalte, trockene Finger lagen auf seinem Hals. Feuchter Atem, der nach verfaultem Fleisch roch, wehte ihm von oben entgegen. Zwei weiße Punkte blitzten über ihm auf.

Kai rang nach Luft und schaffte es endlich, aus Leibeskräften zu brüllen. Ein Schrei voller Angst und Entsetzen schallte durch den Lagerraum. Aber er wurde vom dicken Vorhang im Durchgang erstickt.

Ungefähr zehn Minuten später betrat der Grusel-Club den Trödelladen.

„Guten Tag!“, rief Jupiter.

Vicky verzog das Gesicht. „Du meinst wohl, guten Abend. Es ist bereits halb acht und ein Wunder, dass der Laden überhaupt noch auf hat.“

„Was würden wir nur ohne dich machen, Frau Superschlau?“, stöhnte Jup. Er war ziemlich aufgeregt. Würde Frau Lenske sie rauswerfen, oder konnten sie einen Blick auf den Sarg werfen?

„Hallo? Ist da jemand?“, rief Jupiter.

Im Laden blieb es still.

Nick tippte ungeduldig mit der Schuhspitze auf den Boden. „Sollen wir hier Wurzeln schlagen oder was?“

Jupiter schritt zögernd auf den dicken Vorhang zu, streckte die Hand danach aus und schob ihn ein Stück zur Seite. Die Messing-Gardinenringe klimperten auf der Stange.

Aus dem Lagerraum schlug ihm der Geruch von feuchtem Mauerwerk und Moder entgegen. Erkennen konnte er aber nur schattige Umrisse.

Suchend tastete Jup die Wand neben dem Türrahmen ab. Er fand ein dickes Kabel, an dessen Ende sich ein Drehschalter befand. An der Decke flammten nackte Glühbirnen auf.

„Oh, Mann, was ist denn hier passiert?“, flüsterte Jup.

Vicky und Nick drängten sich an ihm vorbei in den muffigen Lagerraum und erkannten dort den

Sarg. Er sah aus, wie Jup ihn beschrieben hatte. Aber der Deckel war leicht verrutscht, und am Regal direkt neben dem Sarg hing ein Stück Stoff. Es sah aus wie ein Hemdzipfel.

DAS TIGER-TEAM
ABENTEUER WARTET...

AB SOFORT IM HANDEL UND AUF WWW.SCHNEIDERBUCH.DE

Ebenfalls erschienen:

Band 1: Im Donnertempel
Band 2: Der Pferde-Poltergeist
Band 3: Das Geisterflugzeug
Band 4: Die Ritter-Robots
Band 5: An der Knochenküste
Band 6: Der Fluch des Pharao
Band 7: Der Albtraum-Helikopter
Band 8: Unsichtbare Ungeheuer
Band 9: Der Teufelsdampfer
Band 10: Die Monster-Safari
Band 11: Die Gruselgondel
Band 12: Der Totenkopf-Helm
Band 13: Lichter im Hexenmoor
Band 14: Das Mumienauto
Band 15: Die Krallenhand
Band 16: Das vergessene Verlies
Band 17: Piraten aus dem Weltall
Band 18: Feuerauge - streng geheim!
Band 19: Der Reiter ohne Gesicht
Band 20: Das Geheimnis der Grauen Villa
Band 21: Das Phantom auf dem Fußballplatz
Band 22: Die Feuer speiende Maske
Band 23: Verschwörung am Höllenstein
Band 24: Die Nacht der Ninjas
Band 25: Die Internet-Banditen
Band 26: Der Saurier-Friedhof
Band 27: Geheimauftrag für einen Vampir
Band 28: Der Geist im Klassenzimmer
Band 29: Das Schwert des Samurai
Band 30: Im Palast der silbernen Panther
Band 31: Schatzjagd am Biberfluss
Band 32: Die Festung der Haie
Band 33: Das verbotene Labor
Band 34: Das Drachentattoo
Band 35: Das unheimliche Foto
Band 36: Die weiße Frau
Band 37: Das Piraten-Logbuch
Band 38: Die Stunde des Hexenmeisters
Band 39: Die Insel der Geistergorillas
Band 43: Der Dämon in der Wunderlampe
Band 44: Der Schlangenfisch
Band 45: Das Gift des roten Leguans
Band 46: Der Leuchtturm auf den Geisterklippen
Band 47: Der kleine Gruselladen
Band 48: Der Ruf der Goldeule
Band 49: Die Wüste des Schwarzen Riesen
Band 50: Das Buch aus Atlantis

Jeder Band enthält eine extra-starke Detektivausrüstung und einen multifunktionalen Decoder!

EIN FALL FÜR DICH UND DAS

TIGER-TEAM

Im neuesten Abenteuer taucht das Tiger-Team ab! Und stößt tief unten im Meer auf ein Geheimnis, das Käpt'n Nemo blass aussehen lässt! Können die drei Freunde das Rätsel des Buchs aus Atlantis lüften?

Thomas C. Brezina
Ein Fall für dich und das Tiger-Team
Band 50: Das Buch aus Atlantis

170 Seiten, gebunden
€ 8,99 [D]
ISBN 978-3-505-13160-8

Schneiderbuch
EGMONT

www.schneiderbuch.de

Ein Super Fall für dich und das Tiger-Team

Ein Superfall für das Tiger-Team!

Eigentlich sollte es ein ganz harmloser Ausflug auf den Rummelplatz werden. Doch dann stellt der Besuch im Geisterhaus Luk, Biggi und Patrick vor ein Rätsel. Warum hat das Mädchen, das fluchtartig aus dem Haus rannte, so entsetzt geschrien? Was hat es dort nur erlebt? Die drei Tiger beginnen sofort mit ihren Ermittlungen – und kommen dabei höchst raffinierten Diamantenräubern auf die Spur …

Thomas Brezina
Ein Superfall für dich und das Tiger-Team
Schreie aus dem Geisterhaus
224 Seiten, gebunden
€ 9,99 [D]
ISBN 978-3-505-13599-6

Kinder lieben Schneiderbücher!

DER CLUB
NAME: Jupiter Katz
Wer Ordnung hält, ist nur zu faul zum Suchen!
Jupiter Katz
NAME: Vick
Warum ist